« Comme un écolier se servant soigneusement
de son crayon puis de sa gomme avant
de retracer ses lettres, Steve effaça de sa mémoire
les événements qui venaient de se produire
pour les redessiner de façon qu'ils s'accordent
avec sa perception des faits et lui permettent
de s'en accommoder. »

Stephen King, *Cujo*

« L'histoire du Zodiac commence
par une obsession, mais elle s'achève
sur une frustration. »

Robert Graysmith, *Zodiac*

1

Le Parisien ou l'antre du crime

« Je peux vous parler d'un sujet ? » Tirés de leur relecture, Anne Brissoux et Alphonse Vitos, mes rédacteurs en chef, posent sur moi des yeux concentrés. Ils se débattent avec un article qui remplira les pages des Faits divers de l'édition du lendemain et doivent se demander pourquoi la stagiaire a choisi ce moment pour leur soumettre une idée. Voilà plusieurs jours que je suis au *Parisien*. Je vais y rester un mois. Depuis mon arrivée, j'ai couvert à distance une explosion dans une mine en Turquie, un accident de bus scolaire en Colombie et des inondations dévastatrices dans les Balkans. Des heures pendue au téléphone, dans le but de retranscrire des ambiances qui me sont inconnues, des témoignages de seconde main et, *in fine*, une situation dont j'ignore tout. Entre deux missions, je vais zoner sur des sites internet spécialisés dans les mauvaises nouvelles, bien décidée à proposer un premier article. Au détour d'un énième papier détaillant les circonstances d'un assassinat crapuleux, une histoire retient mon attention. Le gros titre : « Un chef d'entreprise prétend que son père est un tueur en série. »

« Aux États-Unis, un type vient de sortir un bouquin dans lequel il affirme que son père biologique était le tueur du Zodiac. Il le publie après avoir mené l'enquête pendant douze ans.

— Attends, attends. C'est lequel déjà celui-là ? m'interrompt Alphonse.

— Tu sais, le tueur en série de San Francisco, à la fin des années 1960. Il envoyait des lettres et des cryptogrammes aux journaux et aux flics pour les narguer. Il signait d'une croix dans un cercle, comme un viseur de revolver. Ça te dit rien ? » Deux sourcils broussailleux se froncent.

« Ah, mais si, il y a eu un film, non ? Rappelle-moi le topo. Il a tué beaucoup de monde ?

— Oui, il y a eu un film de David Fincher, *Zodiac*. On lui impute six meurtres, mais il en a revendiqué plus je crois. On ne l'a jamais identifié. C'est le Jack l'Éventreur américain un peu. Là, le mec dit qu'il a des preuves. Il a écrit le livre avec une journaliste d'investigation.

— C'est bon ça, coco ! » Ça y est, Alphonse est enthousiaste.

« Creuse un peu quand même, le coupe Anne. Avec le nombre de lunatiques qui se réveillent un matin en pensant qu'un vieil oncle ou leur frère est un meurtrier sanguinaire, on n'est pas à l'abri d'un fou furieux. Il est sorti quand ce livre ? On en dit quoi ?

— Ça s'appelle *The Most Dangerous Animal of All*, *L'animal le plus dangereux de tous*. Il est sorti il y a une semaine. On n'en dit pas grand-chose pour l'instant. Mais le type veut bien me parler. On s'appelle ce soir. Si ça tient debout, vous prenez ?

— Oui, ça peut faire une page intéressante », tranche Anne.

Ça y est ! Après des débuts laborieux, je peux enfin m'accrocher à quelque chose. Je suis peut-être sur le point de signer de mon nom une page d'un journal à grand tirage. Cerise sur le gâteau : l'idée est de moi. Je ne me doutais pas que cette histoire allait me coller à la peau pendant des années et me ramener à la mienne. Loin d'être anecdotiques, les révélations qui y étaient faites allaient relancer une affaire criminelle encore non résolue : les meurtres du Zodiac. Dans les années 1970, elle avait terrorisé les habitants de la côte Ouest et fait les choux gras de la presse américaine. Aujourd'hui encore, son ombre plane sur San Francisco et ses alentours.

Je n'en suis pas à mon premier stage au *Parisien*. Trois ans plus tôt, j'y avais passé l'automne, juste après avoir soutenu mon mémoire d'histoire sur le traitement médiatique de l'affaire Guy Georges. C'est là que j'ai rencontré Anne, Alphonse et le reste de mes collègues temporaires, un matin pluvieux de septembre.

« La première conférence de rédac de la journée se tient à 10 heures, au 4e, avec tous les services. Là, c'est le coin des "Informations générales" (IG), des “Faits divers”, si tu préfères. » Anne marque une pause. « Vers 11 heures, on fait un point sur les sujets à publier le lendemain en fonction des pages qu’on nous a attribuées à la conf. On prend aussi quelques minutes pour suivre l’évolution des papiers plus longs. La deuxième conf, à 15 heures, se déroule dans le service. On reparle des sujets discutés le matin pour voir comment chacun a avancé et, en cas de grosse actu, on change notre fusil d’épaule. Le matin, les journalistes arrivent généralement aux alentours de 9 h 30, 10 heures. Enfin, la plupart. Là, c’est un peu désert, beaucoup sont en reportage. Ça, c’est ton bureau. Tu n’as qu’à prendre cette chaise. »

Debout, zigzaguant entre les meubles défraîchis, je peine à noter dans mon cahier les informations dont m’abreuve ma nouvelle cheffe. J’ai acheté un carnet noir, en cuir souple. Les pages sont blanches, le modèle s’appelle « reporter ». Le bureau est désert. Mon master d’histoire en poche, je suis prête à abandonner mon uniforme de rat de bibliothèque pour celui d’Indiana Jones. Embrasser le terrain, enfin. « Tu sais faire une brève ? » Mon chapeau et mon fouet en prennent un sacré coup. Tirée de ma rêverie, je détache les yeux du journal qui traîne sur mon nouvel espace de travail. Anne a arrêté de s’agiter. C’est la première fois que je suis en mesure de la regarder attentivement. Blonde, les cheveux mi-longs. L’exigence transparaît derrière son élégance. La bienveillance aussi. Si j’ai appris quelque chose lors de ce premier stage, c’est bien l’art de la brève. J’ai retrouvé sur la deuxième page de mon carnet une petite note encadrée. J'y avais détaillé les informations attendues dans chaque type d'article. Sous les mots « dépêche/brève » trônent les lettres « Q, Q, Q, O », pour « quoi, qui, quand, où ». Les informations qui doivent apparaître dans les premières lignes d'un article, et les seules dont il est question dans une brève. Suivent ensuite le filet, une brève plus étoffée, puis l'article.

« Salut, maman. » Le premier spécimen du service arrive dans les bureaux. Débraillé, il porte son sac à dos sur une seule épaule. Son imper est ouvert et trop grand, il traîne la patte. Les cheveux en bataille, Thomas Chusse a la dégaine d'un adolescent tiré du lit. « Maman » ? Maman, c'est Anne. Les jeunes du service lui ont attribué ce surnom. Comme des canetons, les reporters arrivent au compte-gouttes. Cette première journée au *Parisien* m'apprend que le travail effectif commence « dans le milieu de l'après-midi ». Outre le choix des sujets et le suivi des enquêtes menées au long cours, les plaisanteries fusent. Aux IG, on se marre. Le fossé entre les sujets morbides et l'ambiance potache me frappe immédiatement. L'humour permet sans doute de mettre à distance l'horreur traitée chaque jour dans cet antre du crime. Rares sont les quotidiens nationaux qui consacrent une rubrique entière à cette matière peu reluisante que sont les faits divers. Au *Parisien*, les récits tragiques sont légion. Et aux IG, rapporter des drames familiaux, couvrir des catastrophes naturelles, retracer le déroulement de braquages spectaculaires et d'arnaques d'envergure est devenu banal, presque mécanique, pour les douze journalistes qui y officient.

Tout en observant du coin de l'œil mes nouveaux collègues, je tâche de repérer des faits divers à proposer pour les brèves du lendemain. En quelques minutes, je noircis plusieurs pages de mon carnet. « Trois blessés légers à Grondeville ; Gigantesque saisie de drogue dans la Meuse ; Vol à main armée à Châtenois-les-Forges ; Un caïd jugé après vingt ans de cavale ; Des cadavres de chats découverts à Nice ; Des dizaines de milliers d'euros de bijoux retrouvés à Grasse ; Un octogénaire disparaît et réapparaît ; Feux de forêt : deux morts et cinq cents mètres carrés ravagés. » Rien ne me servira. Même si elles n'occupent que quelques lignes, les brèves doivent délivrer une information qui attirera un tant soit peu l'attention du lecteur. Les trois premières que je finis par écrire concernent un accident d'hélicoptère qui a fait quatre morts, une plainte du Conseil national de l'ordre des médecins à l'encontre d'un praticien mis en cause dans une affaire d'euthanasie et une tentative d'homicide sur un enfant de 5 ans. Sa mère avait tenté de le noyer.

L'open space s'est transformé en théâtre. Depuis ma chaise, je suis la spectatrice amusée d'une pièce bien rodée. Et je continue d'écrire dans mon carnet tout ce que j'entends. Par endroits, de longs passages sont consacrés aux commentaires lancés d'un bureau à l'autre. Leur teneur journalistique est discutable, si ce n'est tout à fait absente. Depuis toujours, je prends beaucoup de notes. Faire des listes est l'une de mes passions. Dans mon salon, dans le métro, dans les bars, je suis à toute heure munie d'un stylo et d'un des nombreux carnets que j'accumule. Nichés sur mes étagères, ces oiseaux aux ailes vierges attendent sagement leur tour. Je tiens ça de mon père. Au saut du lit, il listait sur un bout de papier tout ce qu'il avait à faire dans sa journée.

La composition des deux pages dont les IG ont hérité pour le lendemain attise les débats. Le grand tableau blanc sur lequel elles sont bâties, et vouées à évoluer avant le bouclage du soir, attire les journalistes comme des mouches. Presque tous sont arrivés. À l'exception de la chroniqueuse judiciaire, Emma Léger, qui tient les murs du Palais de Justice de Paris, et de Louis Gulos, reporter haut en couleur dont on se demande pourquoi il n'a pas plutôt intégré la gendarmerie. À chaque nouvelle affaire de meurtre, il expose à qui veut l'entendre sa résolution du crime, l'index pointé vers le plafond, inquisiteur. « J'ai tout, je connais la couleur de ses chaussettes » est une phrase qu'il a déjà dû formuler.

« En pied de page, on pourrait mettre le trafic de sharpeïs, non ? C'est une super histoire. » Léger zézaiement, lunettes rectangulaires et cheveux poivre et sel, Alphonse, le rédacteur en chef adjoint du service, tient à cette affaire canine. Anne ne l'entend pas de cette oreille :

« Alphonse, arrête avec tes sharpeïs. Chirac prend déjà une pleine page et on doit garder de la place pour le meurtre de Jonathan. On n'a rien au marbre qui pourrait faire l'affaire ? Thomas, du nouveau sur de Ligonnès depuis le Fait du jour de ce week-end ?

— Trop compliqué », lâche l'intéressé.

Éclat de rire général. Je suis restée deux mois au *Parisien*, je suis incapable de dire combien de fois j'ai entendu cette phrase, érigée en litanie dans le service. Chaque histoire devenait vite « trop compliquée ». Pour beaucoup, l'article qu'ils signeront dans l'édition du lendemain n'est qu'une formalité dont ils se débarrassent le plus rapidement possible. Saturés de nicotine et de caféine, ils sont à l'affût de la bonne histoire. Beaucoup n'ont plus à la chercher. Cloués à leur téléphone, ils griffonnent des bribes d'informations sur des pages blanches choisies au hasard dans le no man's land de leur bureau. À l'autre bout du fil, leurs sources les abreuvent de renseignements plus ou moins exploitables. Leurs boîtes mails grouillent de messages de particuliers. Victimes d'injustices en tout genre, au cœur d'agissements pas très nets, ils s'indignent et relatent des faits pour beaucoup farfelus. Au sein des IG, certains rédacteurs ont maintenant leur pré carré. Comme la chroniqueuse judiciaire chargée des comptes rendus d'audience, d'autres se sont spécialisés dans les affaires politico-financières, l'univers carcéral, le grand banditisme ou encore la police. Une fois qu'on tient une source, mieux vaut ne pas la délaisser. Il faut même la soigner et répondre à l'appel quand elle vous lâche une info. Quand survient un fait divers retentissant, sur lequel il sera possible de

« feuilletonner », son traitement revient généralement au journaliste qui en a couvert les prémices. Dans le brouhaha ambiant, les reporters se croisent. Un ballet millimétré se met en place pour que chacun puisse discuter au calme dans des cabines isolées, installées à quelques mètres de l'open space. D'autres s'amusent de messages vocaux laissés sur leur répondeur, souvent retranscrits à voix haute. Je quitte le journal relativement tôt, aux alentours de 20 heures, alors que beaucoup sont encore à leur bureau. Au *Parisien*, la journée commence tard et se finit parfois au milieu de la nuit.

On m'a confié mon premier sujet le troisième jour. Je travaillais sur une sombre histoire de tentative d'immolation par le feu devant le palais de l'Élysée quand Anne m'a assigné ma principale mission de la journée. « Manon, la semaine dernière, une mère de famille a étouffé deux de ses enfants et s'est pendue à Mulhouse. On monte l'histoire pour demain. » J'ouvre de grands yeux, un peu angoissée par ce qui va suivre. Elle m'explique que le correspondant chargé du Haut-Rhin va couvrir le drame au plus près. Dans les locaux parisiens, Christophe Jauré, reporter, s'occupera du témoignage de la famille et des proches. J'hérite de l'enquête de voisinage. « Tu appelles toute la cage d'escalier et tu questionnes les voisins sur la mère et les enfants. » Douche froide. Je fais rapidement un point sur la marche à suivre avec Christophe avant d'éplucher les pages blanches à l'aide de l'adresse qu'il m'a communiquée. Mon cœur bat au rythme de mes doigts sur le clavier quand je compose le premier numéro. Subitement, je donnerais tout pour ne plus être là.

*

Des années plus tard, je suis toujours aussi accro aux histoires sordides. Cette information a fait son chemin, et mon entourage l'a bien intégrée. Lors d'un dîner de Noël, des amis m'invitent chez eux, on est une vingtaine. Nous nous serrons autour de la grande table installée dans le salon. Entre le plat copieux et le fromage arrive le moment des cadeaux. Mes amis font les choses bien. Des semaines avant l'événement, chacun a tiré au sort sur un site prévu à cet effet le nom de la personne qu'il devra gâter. Après un kit de crochetage de serrures, de la pâte à tartiner, de gros chaussons en forme de canard et de multiples gels douche arrive mon tour. Je suis la dernière. Tous les regards se tournent vers moi quand un ami de mes hôtes que je connais mal me tend un paquet rectangulaire. Je retire soigneusement le papier et deviens l'heureuse propriétaire d'un cadre bon marché. Sur la photo, un acteur américain au charme indéniable me toise.

« Si tu la retournes, il y a un bonus », m'informe Benoît.

Intriguée, je retire le dos du cadre en m'écorchant les doigts et me retrouve ne à nez avec Guy Georges, un peu stupéfaite. Manifestement, on l'a mis au parfum. L'assistance est secouée d'un rire jaune. Je ne peux m'empêcher de lâcher un « génial » enjoué.

Je sais déjà lequel des deux clichés je vais choisir et où trônera ce cadeau inattendu.

De retour chez moi, je dépose le paquet sur la commode de mon entrée, un long couloir assez étroit. Sur la gauche, deux fenêtres hautes donnent sur une cour intérieure étriquée. La lumière qu'elles captent est de faible intensité. Inconsciemment, c'est peut-être pour cette raison que j'ai choisi d'installer ma bibliothèque de travail ici. Classés par thématique, tous les livres que j'y range ont trait au fait divers. Criminologie, tueurs en série, grand banditisme, histoire de la prostitution, du viol, de la prison, de la folie, phénomènes occultes, rien n'est laissé de côté. Mes amis n'y font plus attention. Mais quand je reçois pour la première fois, je retrouve souvent un de mes hôtes planté devant, la tête penchée à quatre-vingt-dix degrés, les yeux écarquillés et les traits tendus. D'autres préfèrent verbaliser leur malaise : « Sympa tes lectures, me lancent-ils depuis le couloir. Tu dors bien la nuit ? » Silencieuse, j'attends qu'ils formulent la suite de leur pensée, identique chaque fois. Ils me parlent de l'affaire qui les a le plus chamboulés ou stupéfaits. Une appropriation qui fait écho à leur propre histoire, d'une façon ou d'une autre. Certains commencent même à se confier sur le lien familial lointain qu'ils entretiennent avec un meurtrier ou la disparition d'une connaissance dans le cadre d'une affaire criminelle médiatisée. Après avoir poussé au fond de l'étagère les cinq livres sur l'affaire Guy Georges, je dépose mon cadeau de Noël en bonne place.

Mon intérêt pour les tueurs en série doit remonter à l'été de mes 15 ans. Je ne me souviens plus très bien. J'avais récupéré un livre qui rassemblait par le menu une vingtaine d'affaires, toutes plus dérangeantes les unes que les autres. *Serial killer : une enquête mondiale sur les tueurs en série* s'achève sur le pedigree de trois cent quinze meurtriers. J'ai consacré le mois de juillet 2003 à la lecture de ce pavé sanglant, délaissant le soleil et les plages de galets de la ville où mon père avait décidé de s'installer quelques années plus tôt. Sur l'une des rares photos qu'il me reste de lui, je le brandis, souriante, à ses côtés. Cet ouvrage a été le premier à orner la bibliothèque de mon couloir. Loin de se tarir, mon intérêt pour le sordide a grandi avec moi. En 2009, six ans après avoir lu l'enquête mondiale sur les tueurs en série, je me retrouvai à la Sorbonne à Paris, en master d'Histoire des sociétés occidentales contemporaines. Je voulais devenir journaliste et m'étais persuadée qu'avoir un « bagage » avant de tenter le concours des écoles était nécessaire. Trouver des excuses plutôt que de me jeter à l'eau est un art subtil que j'ai toujours su maîtriser. Je devais choisir un domaine à étudier pendant vingt-quatre mois. Je décidai de combiner mes deux spécialités, « Histoire de la presse » et « Histoire de la criminalité ». Au bout du chemin, un meurtrier qui avait croisé la route de ses sept victimes à Paris, dans les années 1990. Guy Georges serait mon sujet d'étude. Au-delà des faits, ce qui m'intéressait était la façon dont la société engendrait, gérait, puis digérait ces criminels. La personnalité de Guy Georges m'a rapidement intriguée ; elle était loin d'être celle que notre imaginaire plaque sur les mots « tueur en série ». J'ai orienté mes recherches sur la médiatisation de cette affaire et débusqué tous les articles, de la plus mince dépêche au dossier de six pages, qui étaient parus sur le sujet dans *Libération*, *Le Monde* et *Le Parisien*. Guy Georges commit son premier meurtre en janvier 1991, fut arrêté en mars 1998 et jugé en 2001. Dix ans d'encre versée à retrouver. La belle affaire.

Contrairement à ce que je pensais, j'ai eu du mal à mettre mon affect de côté. Les jeunes femmes qui avaient été assassinées avaient entre 19 et 33 ans. Quand je me suis emparée de l'affaire, j'en avais 20. Deux d'entre elles ont fini leur courte vie dans un parking, les autres chez elles, dans leur lit. Le mode opératoire de Guy Georges était cruellement immuable. Il repérait sa victime, la suivait, se faufilait dans le hall d'entrée ou le sous-sol, la surprenait. Puis venaient le viol et l'assassinat, à l'arme blanche. Les policiers qui se sont rendus sur les lieux dépeignent des scènes de crime d'une violence rare. J'ai d'abord retracé dans le détail la chronologie des événements. Guy Georges a assassiné sept jeunes femmes, mais a fait beaucoup plus de victimes. Celles qui ont réussi à lui échapper en se recroquevillant et en hurlant, celles qu'il a agressées sexuellement, celles qu'il a laissées pour mortes, puis les familles, les proches. J'ai appris récemment de la bouche d'une connaissance, de dix ans mon aînée, qu'une de ses amies avait subitement déserté les bancs de la faculté en cours d'année, en 1994. Elle s'était rendu compte qu'un homme la suivait partout où elle allait : la police lui avait suggéré de se mettre au vert quelque temps. À leurs yeux, il ne fallait pas prendre cette filature à la légère. Elle a reconnu Guy Georges quand son portrait a fait la une des journaux.

Les visages de ses victimes continuent de me hanter, et leurs familles, leurs proches, de se rappeler à moi. Savoir que sa fille, sa sœur, sa nièce ou une amie proche a disparu dans des circonstances si violentes est un traumatisme impossible à qualifier. Ne pas avoir le fin mot de l'histoire en est un autre. Un poison qui s'insinue lentement dans les chairs jusqu'à paralyser. Un poison qui rend impossible le deuil, si tant est qu'on puisse l'envisager après avoir perdu son enfant. Des nombreux comptes rendus d'audience et récits que j'ai lus, il me reste ces deux citations, de la mère et de la sœur de Cathy Rocher, assassinée dans son parking un jour d'hiver, en 1994. « Ça m'est sorti sans que je réfléchisse, j'ai dit merci à l'assassin de ma fille. [...] Rien n'est pire que le doute et, sans aveu, il serait toujours resté un tout petit doute [...]. Ce doute, c'était comme une maladie grave dont on n'ose pas dire le nom » ; « Pour moi et les familles ici, c'est extrêmement important de savoir ce qui s'est passé. Sinon, on ne peut pas s'empêcher d'imaginer, on ne sait pas où ça s'arrête. » Depuis que j'ai passé l'affaire Guy Georges au peigne fin, je referme systématiquement la porte de mon immeuble derrière moi, que le soleil soit au zénith ou qu'il fasse nuit noire.

2

Gary L. Stewart, la bonne histoire ?

C'est la fin d'après-midi. Le soleil de mai cogne sur les fenêtres de l'open space des IG qui ressemble maintenant à une fourmilière. Certains journalistes sont concentrés sur leurs écrans, d'autres se lèvent brusquement de leur fauteuil pour aller passer un dernier coup de fil, les yeux rivés sur leur ordinateur portable, qu'ils emportent. Quand l'un d'entre eux se heurte à un service de communication tatillon ou attend une dernière information, le ton monte. Les collègues se tournent alors vers lui et assistent, amusés, à son numéro. Sur les tables, les gobelets de café s'amoncellent. À moitié bus, quelques-uns n'ont pas trouvé grâce aux yeux de leur propriétaire, qui les ont remplacés par un autre breuvage. L'ambiance oscille entre concentration olympienne et dispersion. Ceux qui n'ont rien à rendre pour le lendemain s'attardent sur un livre qu'on leur a envoyé ou organisent leur prochain déjeuner avec une source. Beaucoup traînent. Il arrive qu'on demande à son voisin de baisser la voix. De son côté, Anne veille au grain.

« Thomas, t'en es où ?
— J'attends une dernière confirmation du parquet.
— Ils comptent te la faire après le bouclage ? »

Anne lance un sourire à Thomas en enfilant son manteau, cigarette et briquet à la main. Elle sait qu'elle va rentrer tard et s'échappe quelques minutes pour aller fumer en vitesse, en bas du grand édifice.

Je dois appeler Gary dans quelques heures et je me rends compte que je connais mal l'affaire du Zodiac. J'ai déjà lu un ou deux chapitres à son propos dans des anthologies d'affaires célèbres, mais jamais rien de consistant. Il faut que je prépare mon interview pour tenter d'y voir plus clair. J'ai bu trop de café, au point de sentir battre mon pouls dans mes veines. J'opte pour quelques verres d'eau, avalés entre des cigarettes fumées en un rien de temps. Les rares articles parus sur l'histoire de Gary sont loin d'être fouillés. L'éditeur, HarperCollins, a pris soin de garder la parution du livre secrète jusqu'à sa sortie. J'apprends simplement que l'auteur a été adopté et s'est mis en quête de son père biologique à l'aube de ses 40 ans. Il a fini par retrouver sa trace. Et après une enquête douloureuse, cette terrible certitude ne le lâche plus : son géniteur était le tueur du Zodiac. J'ai retrouvé la feuille de brouillon sur laquelle j'avais écrit à la volée les questions que je comptais poser à Gary. À en croire les deux premières, l'interview est un exercice que je ne maîtrisais pas. *Comment tout cela a commencé ? Quelle est votre histoire ?* Compliqué, vu la situation, de poser des questions précises et de mettre l'homme face à ses éventuelles incohérences.

À défaut de pouvoir retracer son histoire, je me plonge dans celle à laquelle Gary prétend être lié. L'affaire du Zodiac éclate le matin du 31 juillet 1969 à San Francisco et dans la petite ville de Napa. Ce n'est pas la découverte d'une scène de crime qui la déclenche, mais l'arrivée de quatre lettres. Elles sont adressées au *San Francisco Chronicle*, au *San Francisco Examiner* et au *Vallejo Times-Herald*, journaux à grand tirage de la région, ainsi qu'à la police de San Francisco. Leur auteur y revendique trois meurtres, distillant des éléments que seul le tueur peut connaître. Fait plus troublant encore, les trois parties d'un long message codé ont été éparpillées dans les enveloppes destinées aux rédactions. À moins que ces cryptogrammes ne soient publiés en une le lendemain, l'expéditeur menace de s'adonner à un « déchaînement meurtrier ». D'autres meurtres sont commis, d'autres lettres arrivent. La dernière envoyée au nom du Zodiac date de 1978.

J'identifie rapidement les livres de référence sur le sujet. Celui de Robert Graysmith sort du lot. Quand l'affaire du Zodiac éclate, il est dessinateur de presse au *San Francisco Chronicle*, journal qui recevra le plus de lettres du mystérieux tueur. Obsédé par cette affaire, Graysmith finit par mener sa propre enquête. Elle durera dix ans. Comme beaucoup de criminels non identifiés, le Zodiac a hérité d'un nombre incalculable d'identités. Quelque deux mille cinq cents suspects ont été interrogés sur plusieurs décennies. C'est l'ouvrage de Graysmith qu'a décidé d'adapter au cinéma David

Fincher. Il y raconte l'enquête, dure et interminable, et dresse le portrait de plusieurs enquêteurs y ayant travaillé, souvent jusqu'au dégoût. Dave Toschi, l'un des plus emblématiques, en dira plus tard : « L'affaire du Zodiac est devenue une partie de ma vie. » À mon tour, je suis les multiples ramifications de ces investigations et me familiarise avec les noms de ceux qui s'y sont perdus, histoire de ne pas avoir l'air de débarquer tout à l'heure face à Gary. Diverses caractéristiques de l'affaire ont mis les enquêteurs en échec. Celles du meurtrier, d'abord. Dans les années 1970, l'étude des tueurs en série en était à ses balbutiements. Des six meurtres imputés au Zodiac, certains l'ont été a posteriori. Un demi-siècle après les faits, l'enquête reste ouverte dans deux comtés de la Californie. Dernier détail, qui n'en est pas un, la police scientifique était loin d'être celle de notre époque.

Sur mon carnet, je dresse la liste des meurtres perpétrés par le Zodiac et des policiers qui l'ont pris en chasse au temps de ses agissements. Une ébauche de chronologie, ce sera déjà ça de pris. Je m'intéresse d'abord aux assassinats attribués au tueur avec certitude.

À Solano, sur la rive est de la baie de San Francisco, le sergent Mulanax tente d'élucider trois meurtres commis à sept mois d'intervalle : ceux de David Faraday et Betty Lou Jensen, en décembre 1968, et celui de Darlene Ferrin, en juillet 1969. Tués par balle à l'aide d'un pistolet semi-automatique de calibre .22, ils étaient étudiants, comme toutes les victimes du Zodiac.

À moins de cent kilomètres au nord, dans le comté de Napa, Mel Nicolai et Ken Narlow s'occupent de l'assassinat de Cecelia Shepard, qui a succombé à dix coups de couteau en septembre 1969.

À San Francisco, Dave Toschi et Bill Armstrong enquêtent sur le dernier meurtre : celui de Paul Stine, survenu en octobre 1969. Paul Stine est mort d'une balle dans la tête, tirée à bout portant.

D'autres assassinats ont divisé les enquêteurs. En juin 1963, Robert Domingos et Linda Edwards sont tués à Santa Barbara, au sud de la Californie, à plus de cinq cents kilomètres de San Francisco. Là encore, l'arme est un calibre .22 semi-automatique, probablement un fusil. En octobre 1966, dans le comté de Riverside, à deux cents kilomètres à l'ouest, Cheri Jo Bates est assassinée à l'arme blanche.

Toutes ces victimes étaient âgées de 16 à 29 ans. Au cours de mes recherches, je découvre que dans l'une de ses dernières lettres, le Zodiac a revendiqué trente-sept meurtres. Mais des spécialistes estiment que certains de ces derniers courriers n'étaient pas de lui.

Après quelques heures penchée sur mon écran, j'en ai plein la tête. Mon esprit est un peu plus embrouillé qu'avant ce premier défrichement. Pour résumer : un type de l'autre côté de l'Atlantique soutient que son père était un tueur en série. Tueur en série dont on ne sait pas combien de personnes il a tuées, dont on n'est pas sûr que les maigres traces génétiques en mesure d'être analysées aujourd'hui soient les siennes, dont on ne sait pas combien de lettres il a écrites pour narguer policiers et journalistes et dont on ignore ce qu'il a voulu dire dans ses messages codés. Quant aux suspects, ceux qui figuraient en haut de la liste sont morts.

Le découragement envahit doucement mes cellules quand je m'aperçois que l'open space est presque désert. La plupart des chaises font face au couloir, comme si leurs occupants s'étaient précipités hors du bâtiment. Des gobelets en plastique traînent sur les tables au milieu des exemplaires du journal de la veille, les téléphones sonnent dans le vide. La luminosité n'est plus ce qu'elle était il y a quelques minutes. Le moment que je redoute approche. Ce que confirme un coup d'œil à ma montre. Feuilles sous le bras et stylo en main, je me dirige vers l'une des cabines téléphoniques du journal. Je ne suis pas loin de la crise de tachycardie, j'ai l'impression de me rendre en place de Grève, quand on pratiquait encore l'écartèlement. Le téléphone m'angoisse. Comme je fais les choses bien, j'ai gardé l'enregistrement de cette première conversation, sur lequel j'ai réussi à remettre la main. On m'entend d'abord, hésitante, demander à la standardiste du *Parisien* d'appeler les États-Unis. Quelques secondes plus tard, la voix de Gary Stewart résonne dans le combiné. D'emblée, son ton est amical. Le courant entre nous passe tout de suite. Pas étonnant, vu l'objet de mon appel.

Gary commence par me dire qu'il a appris très tôt avoir été adopté. Ses parents, « les meilleurs qui puissent exister », lui ont tout donné. L'adolescence venue, il a commencé à se poser des questions sur ses parents biologiques, sans pour autant chercher à les contacter. Gary voyait cette démarche comme un affront envers ceux qui lui avaient transmis leur nom. C'est sa mère biologique qui a fait le premier pas, en s'adressant aux Stewart. C'était en mai 2002. Gary avait 39 ans. Lorsqu'il l'a appris, il l'a vite rappelée avant de passer une semaine chez elle, à San Francisco. Le deuxième jour, il s'est résolu à lui poser la question fatidique : qui était son père ? « Je te promets que je te dirai toujours la vérité, commence Judy. Mais c'était il y a si longtemps. Tu dois comprendre que j'ai été obligée de tout oublier à propos de ton père et toi. Ma mémoire de cette époque est sévèrement réprimée. » De l'identité du père biologique de son premier fils, il ne lui reste que le prénom : Van.

C'est là que Gary prend conscience du caractère romanesque de son histoire. En 1963, son année de naissance, sa mère, Judy Chandler, a 14 ans. Son père en a 27. Tous deux fuient San Francisco quand elle apprend qu'elle est enceinte. Ils se marient et finissent par s'établir quelque temps à La Nouvelle-Orléans, où Judy donne naissance à Gary. Il a trois mois quand son père part avec lui un matin et revient seul. Il annonce à sa compagne qu'il a emmené le bébé à Baton Rouge, et qu'il l'a remis à une église. Judy le quitte sur-le-champ. Par jalousie, Van la dénonce aux autorités. Elle est arrêtée. Recherché pour « viol d'une femme de moins de 18 ans », il le sera aussi, quelques jours plus tard.

Quand Gary entend cette histoire pour la première fois, sa réaction est sans appel : « Si mon père n'a pas voulu de moi, je ne pense pas avoir envie de le connaître. J'ai le meilleur des pères à Baton Rouge. » À l'autre bout du fil, je reste silencieuse. Qu'on lui ait appris cet art ou non, Gary est un bon conteur. Je suis suspendue à son récit.

*

Contrairement à Gary, j'ai eu la chance de connaître mes deux parents. Et comme beaucoup de gens de ma génération, celle de les voir se séparer plutôt que de se déchirer devant la petite fille de 3 ans que j'étais. Après huit ans de mariage, ma mère, professeure de français, et mon père, anesthésiste réanimateur, se séparent en 1991. Il part pour une autre femme, Isabelle. J'ai alors dû apprendre à vivre avec un père en filigrane jusqu'à mes 17 ans. Un état de fait devenu concret quand il a déménagé dans le Sud avec Isabelle. C'était en 1999, j'avais 11 ans. Ils occupaient à Paris un cinq pièces sombre, avec moulures et peintures d'époque au plafond. Quand je suis arrivée un vendredi soir, les meubles de jardin en bois posés contre le mur du salon faisaient désordre. C'est comme ça que j'ai appris son départ. C'est comme ça que mon père a commencé à prendre le large.

Avant, il habitait à deux pas de chez ma mère. C'était pratique. Malgré son emploi du temps chargé à la Pitié-Salpêtrière, il venait souvent me chercher à l'école, m'accueillait chez lui un week-end sur deux et me passait beaucoup de caprices. Avec mon père, je me souviens surtout des goûters. On s'arrêtait toujours à la boulangerie et j'avais droit à ce que je voulais. De mon doigt potelé, je désignais souvent un rolls, viennoiserie rectangulaire fourrée de crème pâtissière et de pépites de chocolat. En été, j'optais pour une glace à l'italienne. Byzance. Quand mes grands-parents maternels venaient me chercher, je ne choisissais pas mon goûter : il était déjà prêt, emmailloté dans de la cellophane. Un sandwich au beurre et au fromage. Du haut de mon jeune âge, le calcul était vite fait : mon père m'écoutait alors que, de l'autre côté, on m'imposait. En bas de chez lui, un magasin de jouets, enseigne en voie de disparition, me faisait de l'œil un week-end sur deux. En vitrine, les lumières chaudes se reflétaient sur les bateaux en bois et les dizaines de figurines. Hippopotame, poussin, rhinocéros, girafe et félins s'animaient presque sous mes yeux avides. Il cédait souvent. Je m'engouffrais alors dans l'ascenseur, le petit sachet en papier maintenu fermement contre moi, un sourire de satisfaction aux lèvres. Ces rituels ont pris fin quand il a préféré les plages de galets aux bords de Seine.

Lorsqu'il est parti, mon père m'a acheté un portable. Mon 3310, antiquité emblématique, devait nous permettre des contacts réguliers sans avoir à passer par le téléphone fixe, installé dans le salon chez ma mère. L'image du petit rectangle de 133 grammes est gravée dans ma mémoire. J'avais choisi une coque bleu turquoise agrémentée de poissons tropicaux rayés jaune et blanc, alliage classe et sobre. J'utilisais surtout mon nouvel ami pour échanger avec ceux de mon collège. Mon père réglait des factures exorbitantes, je lui faisais payer son départ vers d'autres contrées. Sa place était à mes côtés, non à près de mille kilomètres. Face à cet échec, il s'est rabattu sur la voie épistolaire. Ses lettres lui permettaient de dessiner et de peindre, art qu'il maîtrisait à merveille. Des paysages marins et champêtres, parfois des animaux, figuraient au début ou à la fin de ses courriers, quand ce n'étaient pas les deux. Il ajoutait parfois de la couleur, souvent de l'aquarelle. Ses enveloppes étaient identifiables entre mille. Son écriture s'étalait sur toute la surface, côtoyant un poisson rouge doué de parole pour l'occasion, un palmier dont les branches s'enroulaient autour du timbre, des hirondelles en plein vol ou encore un hibou binoclard posté sur une branche. En haut à droite des pages qu'il noircissait au stylo à bille, il indiquait systématiquement la date et l'heure. Toutes ses lettres commençaient par des formules affectueuses. De son côté, Isabelle m'écrivait parfois quelques lignes, mais c'était surtout mon père qui m'embrassait de sa part.

J'investis leur nouvelle maison au courant de l'été 2000. Perchée dans l'arrière-pays montagneux, la longère cossue comporte un vaste jardin en terrasses et une piscine. Il y a du marbre au sol et sur la partie inférieure des murs et un nombre incalculable de pièces et de recoins. Quand je m'y aventure, un malaise me tord immédiatement les tripes. Le vieux berger allemand des anciens propriétaires est resté là. Junior agit bizarrement et m'effraie. C'est une brave bête, mais il me fixe parfois de ses yeux jaunes et me barre le passage en étouffant un grognement. Sans parler de ses aboiements nocturnes, invariablement dirigés vers la même pièce, le bureau d'Isabelle, pendant de longues minutes. Convaincue de percevoir des phénomènes étranges, je suis incapable de trouver le sommeil. Au moment d'aller me coucher, je me barricade dans ma chambre et m'abrutis des heures durant devant la petite télévision que j'ai récupérée, emmitouflée dans mon drap, ruisselante de sueur. Des sons non identifiés m'arrachent des hoquets de peur. Ce n'est pas la charpente qui chante, ni les pas des autres occupants, insomniaques à leurs heures. Il y a comme une présence.

Un soir, j'en parle à mon père. Nous discutons depuis un moment sur le grand canapé rouge du salon, face à la baie vitrée, derrière laquelle on aperçoit la piscine. Dehors, il fait nuit noire. Comme dans les films d'horreur, je m'attends d'une minute à l'autre à voir surgir quelqu'un depuis les ténèbres.

« Tu dors bien dans cette maison, toi, papa ?

— Quand j'arrive à trouver le sommeil, oui. On est au milieu de rien, c'est calme. Le matin, je suis réveillé par les oiseaux. Pourquoi ?

— Parce que moi, pas du tout. J'entends plein de bruits bizarres.

— Comment ça des bruits bizarres ?

— Des pas ou même des respirations. »

Mon père ne peut s'empêcher de sourire.

« C'est la maison qui parle, c'est normal. Il faut juste

apprendre son langage. Remarque, Isabelle en entend aussi parfois. Et elle trouve que Junior aboie souvent vers son bureau.

— Ah, voilà, on est d'accord. Ça, c'est étrange quand même non ?

— La pièce est peut-être hantée… »

Alors que mes yeux fixaient la fenêtre, ils s'écarquillent pour se planter dans les siens au moment où je fais volte-face. Évidemment, il est mort de rire.

« Après, c'est vrai qu'il y a eu plusieurs histoires compliquées ici. L'agent immobilier nous avait raconté que l'ancienne propriétaire s'était suicidée. Je crois que le type avant elle est mort des suites d'un cancer dans la maison.

— Sympa.

— Et je crois même que le propriétaire précédent a quitté sa femme et ses enfants du jour au lendemain. On ne l'a jamais retrouvé. »

Pendant le silence qui suit, il ne me faut que quelques secondes pour élaborer un tas de scénarios terribles et improbables.

« Bon, ma petite croquette, je vais aller me coucher, moi, tu restes un peu ici ?

— Euh, non, non, je vais monter aussi. On ferme le volet ?

— Non, laisse, on est là. Et puis, si quelqu'un entre, Junior et l'alarme nous avertiront. »

Je lui lance un regard assassin et lui emboîte le pas dans l'escalier. Inutile de préciser que je n'ai pas fermé l'œil de la nuit. Quelques années plus tard, nous avions regardé *Le Projet Blair Witch*, un film dans lequel trois étudiants en cinéma se perdent dans une forêt à la recherche d'une sorcière. On s'en doute, tout ça finit mal. Mon père avait passé une bonne partie du début de la nuit à taper à intervalles réguliers sur le mur de ma chambre, mitoyenne de la sienne, et à m'envoyer des textos m'enjoignant de vérifier sous mon lit que personne ne s'y était glissé.

*

Au téléphone, Gary déroule son histoire. Il parle vite. Mes notes n'ont ni queue ni tête et oscillent entre le français et l'anglais. Son débit de parole ne l'empêche pas d'aiguiser la curiosité de son interlocuteur. Il n'oublie aucun détail, m'indique les dates précises auxquelles les événements se sont déroulés. Quitte à s'arrêter brusquement pour s'en souvenir. « Attendez, c'était le 31 juillet, non, le 30. Non, non, c'était bien le 31 juillet. »

Après avoir d'abord refusé de connaître son père, Gary se ravise. En 2003, lors d'un nouveau séjour à San Francisco auprès de Judy, il la questionne une fois de plus. « Le suspens me consumait », me confie-t-il. Sur le moment, ce revirement de situation ne me surprend pas. A posteriori, je le trouve déroutant. Je n'ai jamais eu à vivre de retrouvailles avec ma mère biologique, mais j'ai du mal à comprendre comment les conversations de Gary et Judy n'ont pas tourné plus rapidement autour de la relation qu'elle entretenait avec Van et des raisons pour lesquelles il a abandonné son fils. Certes, elle a fait part d'emblée à Gary des tours que lui jouait sa mémoire. Mais la démarche de Gary s'inscrivait bien dans un dessein plus large : savoir d'où il venait.

Judy accepte de l'aider et se tourne vers d'anciens collègues de son dernier mari : Earl Sanders, le chef de la police de San Francisco, et Harold Butler, policier au sein de la même institution.

J'interromps mon interlocuteur : « Ça ne vous a pas étonné que votre mère ait besoin d'anciens collègues de son mari pour répondre à des questions liées à sa propre histoire ?

— Non, sur le moment, je ne m'en suis pas inquiété. Mais j'aurais dû me dire à l'époque qu'elle savait que mon père avait des antécédents judiciaires. »

Sans me laisser le temps de rebondir, Gary poursuit son récit.

Un mois plus tard, en juin 2003, Harold Butler apporte de minces éléments de réponse. Le père de Gary s'appelle Earl Van Best Junior. Il est né le 14 juillet 1934 à Wilmore, dans le Kentucky. La dernière fois que la police a entendu parler de lui, c'était le 15 août 1967. Aucun permis de conduire n'est enregistré à son nom, mais Harold a pu mettre la main sur une vieille photo provenant du service des cartes grises des véhicules à deux roues et son numéro de sécurité sociale. Ce sont les seules informations que le policier est disposé à révéler. Il ne s'en cache pas : « Attention, il y a des choses dans le dossier du père de Gary que nous ne partagerons pas avec vous. » Gary s'en moque et décide de faire le déplacement à San Francisco pour rencontrer Harold Butler. Ce dernier a oublié d'apporter la photo. Et il campe sur ses positions. « Certaines informations doivent rester confidentielles. C'est la loi. » Il promet toutefois de lui envoyer le portrait. À son retour à Baton Rouge, un mail attend Gary. La photo tant espérée n'est qu'à un clic. Judy avait décrit son père comme un être charmant, ça ne lui saute pas aux yeux. Sur le cliché en noir et blanc, Van a l'air grave. Derrière de grosses montures noires, son regard vide est menaçant. Ses lèvres minces bien dessinées se pincent légèrement sur la gauche, comme s'il s'apprêtait à lâcher une remarque acerbe. Gary le trouve inquiétant. Il la montre à son fils, Zac, qui partage son avis. « Il ressemble à un tueur en série », juge-t-il du haut de ses 11 ans.

Face au mutisme de Butler et de Sanders, Gary prend les devants et commence ses propres recherches. Il se rend d'abord à l'administration de la sécurité sociale de Baton Rouge. Après avoir renseigné dans un logiciel le numéro de sécurité sociale de Van, l'employée annonce à Gary qu'elle n'a pas le droit de lui dire s'il est décédé ou non. Puis elle se penche au-dessus du comptoir et lui glisse : « Mais si nous avions appris sa mort, je vous aurais dit que vous étiez admissible au capital décès. » Gary en a maintenant la certitude : son père biologique est vivant. Et il le retrouvera coûte que coûte. Il demande à Judy de voir une dernière fois Earl Sanders. Ils prennent rendez-vous dans un café.

Mais le discours du chef de la police de San Francisco ne change pas : « Ce que le père de Gary a fait est tellement horrible que cela vous détruirait. Je te supplie de dire à ton fils de lâcher l'affaire. » Le jour même, le 6 avril 2004, Gary obtempère.

Trois mois plus tard, sa quête le rattrape. Alors qu'il regarde un documentaire sur le tueur du Zodiac, l'un des portraits-robots établis après le meurtre de Paul Stine, en octobre 1969, apparaît à l'écran. Le sang de Gary ne fait qu'un tour. Il appelle son fils qui s'écrie, à peine entré dans la pièce : « Papa, c'est toi ! » Frénétique, Gary se lève et se rend dans son bureau où il cherche la photographie envoyée par Harold Butler. « Non, c'est mon père », dit-il à Zac en revenant dans le salon, le cliché à la main. Frappé par la ressemblance, il envoie un nouveau mail à Earl Sanders et Harold Butler et leur propose de sauter dans un avion pour San Francisco. Il n'aura jamais plus de nouvelles.

J'ai longuement scruté les deux images en noir et blanc, leur ressemblance est saisissante. Juxtaposées, elles concordent en tous points. À gauche, le portrait-robot a un visage ovale. Il porte des lunettes rectangulaires et des cheveux courts en brosse. Son regard est noir et perçant. Ni trop fine ni trop charnue, sa bouche est proportionnée. À côté, celle de Van suit les mêmes lignes. Juste au-dessus, son nez correspond trait pour trait à celui du croquis, comme ses lunettes. En haut de son large front, moins ridé que celui du portrait-robot, ses cheveux coupés court finissent en une houppette coiffée sur la droite.

Je tiens à retranscrire mot pour mot ce que Gary m'a dit après m'avoir raconté cette anecdote troublante : « Cet événement a marqué le début de ma quête. Je voulais prouver que mon père biologique n'était pas un tueur en série. Et pourtant, depuis, je m'efforce de démontrer le contraire. » Formuler le raisonnement dans ce sens, n'est-ce pas prendre le problème à rebours ? Pourquoi écrire noir sur blanc dans un livre que son père biologique était le tueur du Zodiac si Gary a passé douze ans à tenter de prouver le contraire ? Comment Gary aurait-il orienté ses recherches s'il n'était pas tombé sur ce documentaire ? Sans cette confrontation violente à une simple image, les recherches de Gary n'auraient peut-être jamais convergé vers l'affaire du Zodiac. Car c'est bien ce portrait-robot qui s'est imprimé sur ses rétines et l'a poussé à partir sur les traces du mystérieux tueur en série. C'est là que son destin s'est lié au sien, en dépit du bon sens.

Animé par les terribles promesses de ces similitudes, Gary se plonge dans l'affaire du Zodiac. Comme beaucoup d'internautes assoiffés de réponses, il ne tarde pas à tomber sur le site zodiackiller.com. Lancé il y a une vingtaine d'années par Tom Voigt, il recense tous les documents en lien avec le tueur et héberge un forum de discussion dans lequel on peut se perdre des heures. Tom Voigt fait partie de ces nombreux enquêteurs amateurs qui s'adonnent à ce que les Américains appellent *web sleuthing*. À l'aube, avant de rejoindre Delta Tech, l'entreprise de nettoyage qu'il dirige, pendant l'heure du déjeuner, tard le soir, Gary épluche méthodiquement la montagne de documents classés sur le site. Il réalise que l'enquête sur le meurtre de Paul Stine à San Francisco a été classée. La police invite néanmoins toute personne détenant des informations à contacter John Hennessey, le lieutenant à l'initiative de la clôture de l'affaire. Près de quarante ans de recherches acharnées et infructueuses l'ont décidé : il fallait arrêter les frais. Chargés des investigations depuis 2000, Michael Maloney et Kelly Carroll ont été affectés à un autre service.

« Lors d'un déplacement professionnel en Californie, environ un mois après avoir vu le documentaire, j'ai appelé Hennessey. Il était à la tête de la division des homicides. Nous avons parlé longuement. Il m'a demandé de lui écrire tout ce que je venais de lui raconter : mes suspicions, les preuves que j'avais réunies, l'histoire de ma mère et sa relation avec ses deux amis de la police de San Francisco. Il a vraiment écouté ce que je lui racontais. » D'autant que le lieutenant a bien connu l'un de ces amis. Pendant des années, Harold Butler était sous ses ordres. Au cours des mois à venir, John Hennessey va être la caution institutionnelle de Gary. Il va incarner un adjudant au poids inestimable, une voix imperceptible, à la tessiture infinie. L'une de celles qui s'insinuent profondément, à laquelle on se raccroche quand le doute se fait trop grand. Et quel meilleur adjudant que le chef de la division des homicides quand vous vous demandez si votre père biologique était un tueur en série ?

Contrairement au reste de son récit, Gary s'embrouille quand il évoque John Hennessey. Je l'ai compris plus tard, en lisant son livre. Au cours de ce premier échange entre nous, il se trompe dans les dates, confond les conversations. Coups de téléphone et rencontres en chair et en os se chevauchent. Tout en gardant les commentaires dont il m'a fait part, je préfère livrer ici la chronologie exacte de la relation entre Hennessey et Gary. Une relation dans laquelle l'espoir de l'un s'est perdu dans celui de l'autre. Cette dynamique se met en place dès le premier contact téléphonique, en août 2004. Après avoir écouté le récit de Gary, John Hennessey va à l'essentiel.

« Avez-vous des échantillons de l'écriture de votre père ?

— Non, j'ai mieux que ça.

— Quoi ?

— J'ai de l'ADN.

— Son ADN ?

— Non, le mien.

— Il y a de fortes chances que nous ne puissions justifier une telle analyse. Laissez-moi lire ce que vous allez m'envoyer. On en reparle dans quelques semaines. »

La présence de traces génétiques dans le dossier du tueur du Zodiac ne va pas de soi. Au moment des faits, être en mesure de dégager de telles molécules d'une scène de crime était une gageure. Aujourd'hui, la police scientifique accomplit des prouesses, mais, à la fin des années 1990, aucune scène de crime du Zodiac n'a encore livré de trace génétique. Quant aux preuves, elles ont depuis été éparpillées dans plusieurs services de police. Pour trouver de l'ADN, les vecteurs les plus prometteurs sont les lettres envoyées par le tueur. Et, plus précisément, les timbres et rabats des enveloppes. De la salive y a forcément été déposée. Ce n'est qu'en 2002 que Cydne Holt, scientifique au laboratoire de la police criminelle de San Francisco, parvient enfin à dégager cinq marques partielles d'un timbre, moins de la moitié nécessaire pour identifier le tueur avec certitude, mais assez pour innocenter un suspect. Des obstacles continuent pourtant de se dresser : la technologie pour séparer l'ADN de la glu n'existe pas encore, les échantillons prélevés sont donc certainement altérés. Plus problématique, les traces génétiques sont susceptibles d'appartenir à quelqu'un d'autre que le tueur, comme un facteur ayant pu apposer le timbre. Même topo du côté des empreintes digitales, comme me l'explique Gary : « La chaîne de traçabilité n'a pas toujours été respectée. Si vous travailliez à la police de San Francisco à la fin des années 1960, vous pouviez rapporter les lettres chez vous pour les montrer à vos gamins. » En cette année 2004, le chapitre génétique de l'affaire du Zodiac est à peine ouvert.

Après plusieurs coups de fil, l'heure de la rencontre sonne deux mois plus tard. L'histoire de Gary a convaincu Hennessey. Cela vaut la peine de s'y pencher. Le cadre du rendez-vous – le palais de justice de San Francisco – en témoigne. Une fois entré dans l'immense bâtiment gris et austère gardé par trois drapeaux, l'ours de la Californie et le phénix de San Francisco encadrant les étoiles et les rayures des États-Unis, Gary patiente une heure. Il est impressionné par le marbre au sol qui l'accueille à l'entrée. Il aimerait que les murs soient en mesure de parler. Mais c'est encore à lui de le faire quand John Hennessey se présente. Gary déroule son histoire, sans oublier de préciser qu'Earl Sanders et Harold Butler ne se sont pas décidés à lui transmettre le dossier de son père. Le lieutenant n'est pas étonné et évoque les « nombreux scandales qui ont ébranlé le service au fil du temps, pour des raisons politiques ».

Puis la seule question importante, celle de l'ADN, revient sur le tapis.

« Avez-vous des effets personnels ayant appartenu à votre père qui pourraient contenir son ADN, comme une brosse à cheveux ? »

Immobile, John fixe Gary quelques minutes, puis s'empare de son téléphone. « Un analyste médico-légal arrive bientôt », lui annonce-t-il. Malgré l'affaire classée et le coût non négligeable d'une comparaison ADN – 1 500 dollars –, Gary comprend qu'il est entre de bonnes mains. Un moment de flottement s'installe dans le bureau du lieutenant quand l'analyste y entre. Il veut un numéro de dossier et demande des explications sur les raisons qui poussent cet homme à donner son ADN. Gary ne sait pas ce que John lui raconte en aparté, mais l'analyste finit par frotter l'un des écouvillons contre l'intérieur de ses joues. Au téléphone, Gary conclut le récit de cette première rencontre sur un élan d'espoir qui s'avérera ironique : « John Hennessey m'a dit d'être patient. Je lui ai répondu que j'avais tout le temps du monde. »

*

Mon père a quitté sa maison hantée au moment même où je commençais à pouvoir y trouver le sommeil. Car, après avoir changé de ville, il a aussi changé de femme. Il me présente Amélie, avec laquelle je n'ai aucun atome crochu. Nous n'avons pourtant que onze ans d'écart. Ils se sont rencontrés dans la clinique où il exerce. Elle y est infirmière. Je ne verrai plus jamais mon père seul. Elle est toujours là. Il ne me prend plus dans ses bras sans qu'elle me jalouse. Chaque séjour chez eux m'éloigne un peu plus de lui. Nous passons le mois d'août tous les trois, dans une maison angoissante qu'un ami leur a prêtée. La longue bâtisse est trouée de larges fenêtres barrées de grilles en fer forgé. Sur la droite du terrain, un sentier sombre s'enfonce dans la forêt. Au bout, une Vierge à l'Enfant surélevée de quelques mètres, imposante, invite les promeneurs à rebrousser chemin.

*

Deux mois après sa rencontre avec Hennessey, Gary reçoit un coup de téléphone qui relance la machine. Le lieutenant lui apprend que Cydne Holt, qu'il connaît bien, vient d'être nommée directrice de la Division des services analytiques et judiciaires de la ville de San

Francisco. En d'autres termes : les résultats tant attendus par Gary ne vont pas tarder à tomber. Le lieutenant lui apprend aussi que le dossier de son père trône toujours sur le bureau de Butler, qui ne veut pas lui transmettre. « J'ai dû passer par le CLETS (California Law Enforcement Telecommunications System)[1] pour récupérer le casier judiciaire de votre père. Les documents originaux ont été détruits il y a des années, mais il y a des informations quand même. Pédophilie et d'autres choses. Le FBI a aussi des documents, mais je n'y ai pas accès. Il y a tellement de preuves circonstancielles. Nous allons tirer cette affaire au clair une bonne fois pour toutes. Nous allons déjà faire l'analyse ADN. » Cette nuit-là, Gary ne parvient pas à trouver le sommeil. Les jours passent et les deux hommes deviennent intimes. Gary envoie au lieutenant et à sa femme des spécialités culinaires de Louisiane.

Il retourne voir Hennessey au début du mois de décembre. Les nouvelles ne sont pas bonnes. Cydne Holt est débordée. Dennis Rader, le tueur en série qui s'était lui-même affublé du doux surnom « Bind, Torture, Kill » (« BTK », « ligoter, torturer, tuer ») est sur le point d'être appréhendé. La police est sur les dents. Hennessey contourne son bureau pour mettre en marche un répondeur automatique, perché en haut d'une étagère.

---

1. Réseau informatique grâce auquel les autorités policières et judiciaires californiennes peuvent accéder à diverses bases de données qui comprennent les antécédents criminels et judiciaires ainsi que les dossiers de conduite des citoyens. *(Toutes les notes sont de l'autrice.)*

« Écoutez-moi ça : “J’appelle pour vous signaler l’identité de l’étrangleur BTK. Il s’appelle XXX XXXX. Il habite au 129, rue XXXX à Wichita, Kansas. C’est aussi le tueur du Zodiac. Je répète, il s’appelle XXX XXXX et il habite au 129, rue XXXX à Wichita, Kansas. C’est l’étrangleur BTK et le tueur du Zodiac. Il a coupé la tête de sa femme de ménage et l’a mise dans son congélateur. Merci.” Je ne peux pas prendre le risque d’aller voir Cydne et de lui demander de comparer votre ADN. Je vais essuyer un refus. C’est certain. Attendons le début de l’année 2005. Mais nous ferons les analyses, Gary. Nous devons le faire pour vous, et aussi parce que ça sent la dissimulation à plein nez, votre affaire. D’ailleurs, j’ai le dossier de votre père. Si vous voulez y jeter un œil. »

Hennessey sort une épaisse liasse de documents et la pose sur son bureau. Le pouls de Gary s’emballe au moment où ses doigts entrent en contact avec le papier. En haut à gauche, il reconnaît la photo transmise par Butler. Le service des cartes grises n’avait donc rien à voir avec ce cliché. La police, oui. À côté de la photo anthropométrique de son père, une autre, issue de la même série, le montre de profil. Elles ont été prises lors de l’arrestation de son père, numéro 175639, le 22 février 1962. C’était un an avant la naissance de Gary. Le chef d’inculpation laisse peu de doutes : « Viol sur mineur. » Gary tourne la page et découvre les empreintes digitales de son père biologique ainsi que sa signature et une adresse, à San Francisco. Il revient brusquement au document précédent et scrute les photos. Contrairement à celle qu'il a reçue, celles-ci sont en couleur. Il ne s'en doutait pas, mais les yeux de son père sont bleus. Les mêmes que les siens, d'un bleu azur presque translucide. Premier choc d'une longue série alors qu'il lit les différents chefs d'accusation: « viol, enlèvement de mineur, délit de fuite, faux et usage de faux, fraude électronique, association de malfaiteurs, conduite en état d'ivresse ».

Avant de se séparer, ils échangent sur l'issue de leurs démarches. L'un comme l'autre ont peu de doutes sur ce qui les attend.

« Vous êtes prêt, lieutenant ? Vous avez déjà pensé à ce que ça allait être quand vous allez annoncer avoir résolu l'affaire du Zodiac ?

— Mon Dieu. Les médias vont entrer dans une telle frénésie. Je ne pense pas qu'on soit prêts pour ça un jour. Et je ne pense pas l'être en ce moment. »

Une fois chez lui, Gary reprend minutieusement le dossier que Hennessey a accepté de lui photocopier : « J'ai comparé les dates d'incarcération de mon père à celles des meurtres du Zodiac. J'ai réalisé qu'il était libre chaque fois qu'un de ces crimes avait été commis. »

Ma première conversation avec Gary s'achève sur le récit de ces découvertes glaçantes. Il me détaille une ou deux informations sur les preuves tangibles qu'il apporte dans son livre. Puis, l'air de me faire une fleur, m'annonce qu'il est sur le point de me révéler une nouvelle dont je serai la première à être au courant. Il ne l'a même pas partagée avec son éditeur. Je serre simultanément mon stylo et le combiné en écarquillant les yeux. « Alors qu'elle était contre mon livre, Judy vient de m'annoncer ce matin qu'elle se rangeait à mes côtés et me soutiendrait envers et contre tout. » Je ne laisse rien paraître de ma déception et lui pose encore quelques questions purement factuelles sur le livre. Nous échangeons des banalités sur Paris, où il aimerait beaucoup venir un jour. Qui sait, nous pourrions nous rencontrer ? En tout cas, lui en serait ravi.

Nous sommes restés cinquante-cinq minutes et onze secondes en ligne. Le combiné laisse une trace moite autour de mon oreille droite et glisse presque de ma paume quand je le repose sur son socle. J'ai l'impression d'avoir couru un marathon en apnée. Mon cou est douloureux, mes articulations craquent, et je peine à m'extirper du siège en bois étroit sur lequel je n'ose bouger depuis bientôt une heure. Je pousse un soupir en tirant vers moi la porte en plexiglas de la cabine. Dehors, la nuit ne m'a pas attendue pour tomber. Je quitte l'open space désert, excitée d'avoir échangé avec le potentiel fils biologique d'un des plus mystérieux tueurs en série des États-Unis. Je ne sais pas quoi en penser, mais j'ai envie d'y croire.

Le lendemain, j'arrive tôt au journal pour faire un compte rendu circonstancié à Anne et Alphonse. Ils sont emballés et m'octroient une page. Enfin, une page « au marbre », comme on dit. Une page pour plus tard, quand l'actu sera moins capricieuse. Une page quand on aura du temps. Autant dire, une page qui a des chances de ne jamais être publiée. C'est d'ailleurs ce qui s'est passé.

3

Les tourterelles

Je venais de quitter *Le Parisien* quand le livre de Gary est arrivé chez moi. J'ai dû faire preuve de patience avant de découvrir le paquet posé sur ma boîte aux lettres, trop étroite pour qu'on l'y glisse. Du service des Faits divers, j'étais arrivée à celui des Enquêtes, à *L'Express*, où je devais travailler tout l'été. Je savais que mon article sur Gary ne serait pas publié dans *Le Parisien,* mais ne perdais pas espoir et comptais toujours faire « quelque chose » – je ne savais pas bien quoi – de cette affaire. Cette déconvenue n'avait pas entaché ma relation avec Gary. Nous échangions régulièrement, sur un ton de plus en plus familier. L'en-tête « Ma chère Manon » figurait souvent dans ses mails, quand ils ne se concluaient pas d'un joyeux « Je te souhaite une bonne journée, ma belle amie ! ».

J'attaquai immédiatement *The Most Dangerous Animal of All*, 384 pages denses, savamment structurées. C'est d'abord l'histoire du père convoité, Earl Van Best Junior, qui y est retracée depuis sa naissance, en 1934. Gary a réussi à la reconstituer avec force détails grâce aux personnes qu'il a interrogées au cours de ses douze ans d'enquête. Les plus notables sont les membres de sa famille paternelle et maternelle, les proches de son père et les employés des différents services auxquels il s'est confronté quand il allait à la pêche aux archives. À partir de l'année 1966, Gary mêle l'affaire du Zodiac à la biographie de son père. C'est Van qu'il met en scène, assassinant Cheri Joe Bates en 1966, David Faraday et Betty Lou Jensen en 1968, Darlene Ferrin, Cecelia Shepard et Paul Stine en 1969. La troisième partie du livre est dévolue à la genèse de son enquête, depuis les retrouvailles avec sa mère, en 2002. Ce sont des bribes de ce fragment qu'il a partagées avec moi au téléphone. J'avais demandé à Gary comment lui et Susan Mustafa, sa coautrice, avaient construit les dialogues.

« Nous avons dû les recréer ! s'était-il exclamé. Évidemment, je n'étais pas là il y a cinquante ans quand mon père et ma mère se parlaient. »

Des semaines plus tard, dans un mail, Gary m'avait confié une tout autre version. « Tous les dialogues viennent de conversations que j'ai eues avec les interlocuteurs que j'ai rencontrés. Parfois, nous les avons imaginés. Mais, la plupart du temps, les dialogues sont mot pour mot ce qu'on m'a communiqué. »

Sans trop savoir pourquoi, j'ai pris l'habitude au cours de cet été de conserver la retranscription de notre premier entretien avec moi. La chemise bleue dans laquelle j'ai glissé les dix feuilles volantes et le carnet dédié aux sujets auxquels je travaille à *L'Express* sont devenus des compagnons de route. Un jour, après avoir assisté à une audience tardive au Tribunal de grande instance de Paris, je m'installe à une table de L'Annexe, mon café préféré situé juste en face, pour commencer la lecture. J'aime son étroite terrasse chauffée et sa carte originale. De vieilles coupures de presse sur Jacques Mesrine, Henri Désiré Landru ou Marie Besnard y côtoient des catégories de plats étonnantes, sur un fond jaune défraîchi. Vous pouvez ainsi commencer votre déjeuner en choisissant l'une des « mises en accusation » proposées, avant de vous laisser tenter par l'un des plats du « panier à salade » ou de la « brigade des mineurs ». Il m'arrive encore aujourd'hui de traverser la moitié de Paris pour travailler à L'Annexe le temps d'un après-midi. Après avoir laissé traîner mes yeux sur le boulevard, je pousse mon café noisette vers l'extrémité opposée de la table bistrot, non loin de mes cigarettes et du cendrier. Je fais claquer les élastiques de la chemise bleue, en extirpe la liasse de feuilles, et me mets à comparer ce qui est dit dans l'interview puis dans le livre.

Je comprends vite que Gary a omis de me signaler des éléments importants. Le jour où il voit le documentaire sur le Zodiac avec son fils, il envoie un mail à sa mère avant d'en écrire un dernier à l'inttention des enquêteurs Butler et Sanders. « Je crois que je viens de découvrir ce qui est si terrible à propos de mon père », commence-t-il avant d'évoquer la ressemblance entre la photo et le portrait-robot du mystérieux tueur.

« J'espère que tes doutes sont infondés, mais je n'ai pas d'avis sur le sujet », lui répond Judy le lendemain matin. Une semaine plus tard, elle décide de rappeler Harold Butler. « S'il te plaît, dis-moi ce qu'il y a dans le dossier de Van. Gary pense qu'il est le tueur du Zodiac. Je ne veux pas qu'il vive avec une telle idée en tête. » La réponse de Butler rappelle les précédentes : « Ne t'inquiète pas. L'enquête a été résolue il y a dix ans. Le Zodiac est Arthur Leigh Allen, son ADN correspond à celui du tueur. Dis à ton fils de ne pas s'affoler. »

Gary refuse d'y croire. Il retourne sur le site zodiackiller.com et apprend qu'Arthur Leigh Allen, longtemps en haut de la liste des suspects, a été innocenté il y a deux ans, après une comparaison ADN posthume, menée par le laboratoire de Cydne Holt. Une autre découverte l'interpelle. Dans un article, Tom Voigt informe ses lecteurs que l'enquête sur le Zodiac menée à San Francisco a été close le 6 avril 2004. Gary savait que le dossier avait été fermé, mais ne connaissait pas la date de sa clôture. Celle-ci lui en rappelle une autre. N'est-ce pas ce même jour qu'Earl Sanders a dit à sa mère de lâcher prise ? Ne lui cacherait-on pas délibérément des informations cruciales ? Je décide d'en avoir le cœur net et me mets à la recherche de l'article en question, que je trouve facilement. À ma grande déception, il n'a pas été posté le 6 avril 2004, mais le 2.

Un peu plus loin dans l'entretien, une remarque de Gary m'était sortie de l'esprit. J'avais fini par lui demander ce qu'il pensait, au fond, du silence de

Butler et Sanders. Mon interlocuteur s'était montré hésitant. « Les informations qu'ils avaient sur mon père le connectaient peut-être aussi à Rotea Gilford, l'ancien mari de ma mère. Je n'ai aucune certitude, mais il est possible que mon père ait figuré sur la liste des premiers suspects du Zodiac. J'aurais juste aimé qu'on soit honnête avec moi. » Il y a quelque chose que je n'ai pas précisé à propos de Judy. En 1974, elle épouse son second mari, inspecteur à la police de San Francisco depuis dix ans. Rotea Gilford est le premier Afro-Américain à avoir occupé ce poste. En 1971, en pleine affaire du Zodiac, il intègre l'équipe des homicides. Comme ses collègues, Rotea veut démasquer le tueur. À ses heures perdues, il tente d'aider du mieux qu'il peut David Toschi et Bill Armstrong à débusquer le meurtrier de Paul Stine, ce jeune chauffeur de taxi assassiné en octobre 1969. Dans le cas où Van aurait fait partie des suspects, il aurait donc pu croiser la route de Gilford. Par ailleurs, le partenaire de Rotea, qu'il a choisi après l'avoir chaperonné pendant plus de dix ans, n'est autre qu'Earl Sanders. À la mort de Rotea Gilford, en 1998, plusieurs journaux locaux lui consacrent des colonnes entières, dont le *San Francisco Examiner*, qui en fait un portrait élogieux sur une demi-page.

Après avoir relu notre entretien, je reprends la lecture du livre de Gary. En février 2005, un mail inattendu lui offre une nouvelle piste de recherche. Son expéditrice est la femme qui a aidé Judy à le retrouver. Linda Woods, membre d'une association en Louisiane qui tend à réunir parents biologiques et enfants adoptés, souhaite lui donner son dossier d'adoption, que les services de l'État refusent de desceller depuis des mois. Gary espère y trouver son extrait de naissance. Nouvelle déconvenue, il ne figure pas dans les documents que lui apporte Linda à La Nouvelle-Orléans. En revanche, d'autres le renseignent sur le contexte de sa venue au monde. Il découvre d'abord le nom que ses parents lui avaient choisi : Earl Van Dorn Best, ainsi qu'une lettre rédigée par sa mère un an avant leurs retrouvailles. « Comme Earl a abandonné mon enfant à Baton Rouge, un article relatant la découverte d'un nourrisson a pu faire la une des quotidiens locaux », écrit-elle.

Aux archives de la bibliothèque paroissiale d'East Baton Rouge, Gary retrouve plusieurs articles. Publié le 16 mars 1963, le premier fait la une du *Morning Advocate*, le plus grand quotidien de Louisiane. Le gros titre : « Abandonné, un nourrisson est admis à l'hôpital en observation » jouxte une photo de Gary dans les bras d'un membre de la brigade des mineurs. Contrairement à ce que lui a dit sa mère, son père l'a abandonné sur les marches d'un immeuble et non remis aux bonnes âmes d'une église. Le 19 avril, le journal mentionne à nouveau l'affaire. Une jeune adolescente de 15 ans, arrêtée à La Nouvelle-Orléans pour vagabondage, serait la mère du nourrisson abandonné. Dans l'édition du lendemain, c'est de son père qu'il est question, il est arrêté à son tour. Abasourdi par ces découvertes, Gary se rend à la préfecture de police, bien décidé à mettre la main sur le rapport dressé après cette arrestation. Sur le document qu'on lui tend, tous les noms ont été barrés. « Informations protégées », lui répond la greffière, avant de promettre de faire son possible pour débloquer la situation.

Quelques jours plus tard, Gary décide de poursuivre ses recherches à La Nouvelle-Orléans. À la bibliothèque, il tombe sur la déposition de sa mère[1]. Ce qu'il lit sur le moniteur de microfiches l'anéantit. « Van ne supportait pas d'être avec le bébé. Il avait besoin de lait et il n'y avait plus rien à manger à la maison. J'ai dû prendre un boulot de barmaid. Quand je rentrais le soir, le bébé était la plupart du temps enfermé dans une malle. Je demandais toujours à Van pourquoi il le traitait ainsi, il me répondait qu'il était fatigué de l'entendre pleurer. » Gary imprime l'article, quitte la bibliothèque et vomit. Aux archives du journal local *The Times-Picayune*, il en retrouve un sur l'arrestation de ses parents, publié le 20 avril 1963. Son père y avoue l'avoir abandonné. Quant à sa mère, il apprend qu'elle est incarcérée pour « négligence criminelle envers un enfant ». Trahi, il lui écrit dans la foulée un mail aussi sec que bref. En pièces jointes, il ajoute sa déposition et l'article du *Times-Picayune.* Lors de leurs retrouvailles, Judy lui avait soutenu être partie le soir même où elle a vu Van revenir de Baton Rouge sans lui. Or ses récentes découvertes ont éclairé Gary sur un point : elle a pris cette décision plus d'un mois après. Judy s'excuse dès le lendemain et conclut son message par

1. Les antécédents judiciaires datant de cette époque y sont disponibles.

ces mots : « Gary, j'avais 15 ans. J'étais choquée d'apprendre que ton père t'avait abandonné dans l'escalier d'un immeuble. Je n'ai plus aucun souvenir de tout ça. » Cette déclaration contredit ce que Judy avait confié à Gary quelques mois plus tôt, comme il l'écrit dans son livre : « Elle s'est souvenue combien Van pouvait être cruel, combien il aimait tuer les animaux. »

En mai 2005, Gary se rend à la bibliothèque publique de San Francisco. À sa plus grande surprise, le *Times-Picayune* est loin d'être le seul journal à avoir médiatisé la romance de ses parents. Le *San Francisco Chronicle* et le *San Francisco Examiner* renferment plus d'un article à ce sujet. Le profil délicat de l'adolescente qu'était Judy a fait la une de plusieurs publications du nord au sud des États-Unis. Des portraits de ses parents défilent sous ses yeux ahuris. Le lendemain, il revient avec sa mère. À mesure que les articles exhumés s'additionnent, elle s'amuse du couple atypique qu'elle formait avec Van.

À la fin de son livre, Gary a listé les articles en question. Il ne m'en a envoyé que quatre, par mail, en haute définition. J'ai retrouvé les autres sur internet. Tous retracent l'histoire d'une adolescente et d'un prétrentenaire. Une histoire née chez un marchand de glaces. Nulle question de pédophilie. En ces années 1960, dans la presse, on préfère parler d'amour.

Un après-midi d'octobre 1961, Judy Chandler, 13 ans, descend d'un bus scolaire quand Earl Van Best, 27 ans, la repère. Elle est blonde et porte les cheveux au carré. Des yeux clairs illuminent son visage poupon.

Van la trouve radieuse et la suit chez Herbert's Sherbet, un glacier à l'angle des rues Stockton et Filbert, au nord de San Francisco. Il l'aborde, lui paie sa glace à la vanille, et s'installe avec elle dans le petit établissement. Le cliché est tel que certains journalistes tournent en dérision la déviance du jeune homme, sans la condamner fermement. Van est séduisant et bien mis. Il parle musique et littérature. Elle est sous le charme. Quand elle lui apprend son âge, il refuse d'y croire. Le prédateur ne se réfrène pas et attend chaque jour l'adolescente à son arrêt de bus. L'étau se resserre. De fil en aiguille, les escapades se font plus longues, les baisers plus fréquents. Jusqu'au jour où Van propose à Judy de fuir avec lui et de l'épouser. Elle accepte. C'est comme si les personnages que Nabokov avait mis en scène dans *Lolita* s'en étaient échappés.

Quatre mois plus tard, ils quittent San Francisco pour Reno, où ils se marient le 5 janvier. Pour l'occasion, Judy ment et déclare être âgée de 19 ans. Puis ils retournent en Californie, où la jeune mariée se réveille un matin avec de vives douleurs à l'estomac. Paniqué, Van prévient Verda, la mère de Judy, qui le somme d'appeler une ambulance et en profite pour noter leur adresse. Inquiète pour sa fille, elle alerte la police, qui se rend aussi sur les lieux. L'adolescente est conduite à l'hôpital. Van, lui, est mis en garde : cette histoire avec une mineure pourrait lui attirer bien des ennuis. D'autant que Verda a porté plainte contre lui, apprend-il de la bouche d'un des policiers. Après son appendicectomie, Judy est envoyée en maison de correction. De son côté, Van déménage et se terre dans son nouvel appartement, de peur que Verda ne le retrouve. Le 14 février, les parents de Judy font annuler le mariage. Van baisse la garde, pensant s'être fait oublier. Mais, le 22, il est arrêté pour « viol sur mineur ». Il paie sa caution, s'envole pour le Mexique et revient deux mois plus tard chercher Judy. Le couple s'enfuit à Chicago avant d'aller à Phoenix puis à Mexico. Van y déniche des documents historiques qu'il revend à un collectionneur de San Francisco, où le couple emménage au nord de la ville. Judy tombe à nouveau malade. Une fois à l'hôpital, ses craintes se confirment. Van lui a transmis une hépatite contractée au Mexique. Mais surtout, elle est enceinte de trois mois. Apeurée, elle appelle Verda, qui prétexte une invitation à dîner pour attirer le couple chez elle. Son guet-apens fonctionne : Van est à nouveau cueilli par la police.

Gary raconte que ce jour-là, alors que Van se trouve dans une cellule au palais de justice de San Francisco, le journaliste Paul Avery l'aborde. Encore une coïncidence, Paul Avery n'est autre que le reporter du *San Francisco Chronicle* qui a suivi l'affaire du Zodiac. Et, toujours d'après Gary, il serait aussi l'auteur de la série d'articles sur la romance de ses parents parue dans le même quotidien. Or sa signature n'apparaît au bas d'aucun des papiers sur Van et Judy.

Le 1er août 1962, leur romance singulière est à la une du *San Francisco Examiner* et du *San Francisco Chronicle*. Les portraits choisis par les deux journaux sont presque les mêmes. Sur la couverture du premier,

Van affiche un air soucieux. Son visage est plus émacié que sur la photo de son arrestation, dont Gary est en possession, prise cinq mois auparavant. On pourrait le prendre pour un autre homme. Il ne porte pas de lunettes, regarde vers le sol et fronce les sourcils alors que ses lèvres fines se pincent sur la gauche dans un rictus. On devine une cravate sombre serrée autour d'un col de chemise blanc et les premières coutures d'un gilet. À sa droite, le sourire de la jeune Judy dévoile une dentition parfaite. Ses cheveux blonds sont coupés court et bombés. La différence entre les photos est saisissante. La dégaine de Van lui confère une mine coupable. À côté, Judy a des airs de lolita candide. Plusieurs journaux locaux interviewent Van, alors incarcéré à la prison du comté de San Francisco, en attente de son procès pour enlèvement et viol. Judy n'a pas voix au chapitre. Dans l'article du *San Francisco Examiner*, la journaliste commence par livrer le pedigree de Van. Elle décrit ce « fils de pasteur du Midwest » comme « affable ». Voici comment il y présente son histoire avec Judy : « Je ne peux empêcher notre différence d'âge. J'aime Judy et elle m'aime aussi. […] Nous sommes instantanément tombés dans les bras l'un de l'autre. Judy est une grande femme blonde, on pourrait facilement lui donner 20 ans. » Un peu plus loin, il confesse : « Je l'aimais tellement : je savais que je pouvais m'attirer des ennuis, mais j'étais loin de me douter que ce serait à ce point. […] Bien sûr, nous nous disputions, mais comme le font tous les couples. »

À la bibliothèque, Gary n'en revient pas. Les articles

à propos de ses parents s'accumulent. Dans l'édition du *San Francisco Examiner* du 7 août 1962, il en apprend plus sur le procès. Judy, sa mère, et un certain William Lohmus, détective privé se présentant comme un ami de Van, sont venus témoigner à la barre. Devant le jury, Verda ne mâche pas ses mots : elle explique comment Van a enlevé sa fille pour l'emmener à Reno et l'épouser. L'ami de Van raconte, lui, les circonstances dans lesquelles il a amené le couple à l'aéroport pour son envol vers le Nevada. De son côté, Judy, à laquelle on a forcé la main pour être là, ne peut s'empêcher de sourire quand elle sort de la salle d'audience. Le lendemain, elle s'échappe à nouveau du foyer où elle avait été renvoyée et retrouve Van. Le couple est arrêté avant de fuir une troisième fois.

Sur les photos qui défilent sous les yeux de Gary, de l'une à l'autre, Van change d'apparence. Dans le *San Francisco Chronicle* du 1er septembre, il apparaît tout sourire, un sabre à la main, Judy contre lui. Elle sourit aussi, ses cheveux ramenés en chignon sur l'arrière du crâne, l'allure plus mature qu'à l'accoutumée. Le journaliste la compare à une « tourterelle », cette espèce à la fidélité sans faille vivant en couple jusqu'à ce que la mort les sépare. Van porte des lunettes, dont la forme s'apparente plus à deux papillons qu'à deux rectangles. Ses dents blanches éclipsent ses lèvres, quasi inexistantes ici. Ses yeux paraissent presque en amande, ses cheveux davantage fournis.

Après huit mois de cavale, le *San Francisco Chronicle* annonce dans son édition du 20 avril 1963 l'arrestation de Judy et Van. « Hier, la police de La Nouvelle-Orléans a ramassé les morceaux de la romance brisée d'Earl Van Best et de sa dernière épouse de 15 ans, Judy Chandler », commence l'article, intitulé « La fin amère de la romance du marchand de glaces ». Deux jours plus tôt, Van a appris que Judy était allée se réfugier chez une connaissance. Furieux et vexé, il a téléphoné à la police de San Francisco : « [Judy Chandler] m'a quitté ce matin. C'est une fugitive, elle est recherchée. Vérifiez, vous verrez. Elle s'est rendue dans le quartier français. Elle m'a pris tout mon argent et mes vêtements. Arrêtez-la. » Mise au courant, la police des mineurs interpelle Judy, à La Nouvelle-Orléans, dans le quartier français. Van est arrêté le lendemain alors qu'il est en pleine conversation avec un prêtre de la cathédrale de Saint-Louis. Il confesse à la police avoir abandonné son enfant sur les marches d'un immeuble de Baton Rouge.

En août, Van est condamné à un an de détention. Mais son père a une carte dans sa manche. À sa demande, l'avocat de Van obtient qu'il purge sa peine dans un hôpital psychiatrique. D'autant que de nouveaux chefs d'accusation s'ajoutent à la liste, déjà longue : « faux et usage de faux » et « escroquerie ». Le premier est à mettre sur le compte des nombreux documents qu'il a falsifiés après les avoir acquis au Mexique. Au moment de l'achat et de la revente, il usait de pseudonymes, voilà pour l'escroquerie. À l'issue d'un second procès, Van est condamné à trois ans de réclusion à la prison d'État de Saint-Quentin, en Californie. Et pour honorer l'accord négocié par son père, il est d'abord envoyé à l'hôpital Atascadero pendant trois mois. Établissement de sécurité maximale ouvert en 1954, Atascadero est destiné aux criminels sexuels déviants ou souffrant de troubles psychiatriques.

*

Mes souvenirs des années 2000 sont flous, comme des flashs sans lien les uns avec les autres. Heureusement, les lettres de mon père et mes carnets, que je remplissais frénétiquement de mes 11 à 16 ans, permettent de s'y retrouver. Au mois de novembre 2001, dans la première lettre qu'il m'envoie après son divorce d'avec Isabelle, mon père me fait part de son amour et de celui qu'il porte à sa nouvelle compagne. Malgré les kilomètres, il est avec moi «24 heures sur 24, en pensées». Voilà qui m'avance beaucoup. «Paris n'est qu'à une heure trente en avion et je peux être là quand tu le voudras. L'autre solution aurait été que je reste avec maman puis avec Isabelle à Paris. Cela n'a pas été possible et actuellement je suis très heureux dans ma vie et donc plus disponible pour t'apporter tout mon amour paternel.» C'est vrai qu'à les regarder, ils avaient l'air heureux. Au côté d'Amélie, mon père retombait en adolescence. Tous deux passaient leur temps à se chamailler comme deux lycéens qui n'osent s'avouer leurs penchants respectifs. Je trouvais ça ridicule et gênant. Elle était vraiment très jeune, et différente de toutes les femmes avec lesquelles j'aurais pu imaginer mon père. Elle n'avait aucun autre centre d'intérêt que d'entretenir son corps, d'enrichir les marques de luxe et de vivre dans l'abondance. J'avais d'ailleurs retranscrit ces impressions dans mon carnet dès le mois de mars 2002. Ce qui donnait, depuis mon prisme adolescent : « J'ai honte parce qu'il est avec une gamine. Je suis sûre qu'elle est avec lui pour son argent. »

Et de l'argent, mon père en avait. En arrivant dans le Sud, il avait abandonné l'hôpital public pour travailler dans des cliniques privées. Il ne faisait pas étalage de sa richesse mais était heureux, me semble-t-il, de pouvoir profiter de la vie sans se poser de questions. Amélie et lui ont très vite emménagé ensemble. Le premier appartement qu'ils ont occupé était situé dans une petite rue aux abords du port. Je l'ai peu connu. Mon seul souvenir est d'un intérêt discutable : ce deux pièces était sombre et je n'avais pas de chambre. Amélie et mon père s'y sont vite sentis à l'étroit. Quelques mois plus tard, il a acheté trois appartements dans le même quartier. Ils en occupaient un au troisième étage, les autres étaient au-dessus. À mesure que la décoration prenait forme, certains choix me laissaient songeuse. D'ordinaire, mon père aimait les meubles en ébène chinés, les lampes à globe des Années folles, les natures mortes et les tapis persans. Il avait du goût. Dans la cuisine, le bois régnait de concert avec les arbres fruitiers. Le matin, il y faisait un détour quand j'émergeais pour me parler de l'évolution de ses kumquats tout en en cueillant quelques-uns qu'il me tendait quand il ne les engloutissait pas. « Tu les manges avec la peau, hein », me recommandait-il chaque fois. Ces quelques mètres carrés étaient à son image. Mais le sept pièces s'est progressivement façonné à celle d'Amélie. Un gros fauteuil ovale comme un œuf a d'abord pris place dans le salon. Outre sa taille, son revêtement en velours bleu criard en faisait le meuble le plus imposant de la pièce. La première fois que je l'ai vu, je n'ai pu réprimer un rire moqueur. « C'est de l'art », m'avait répliqué Amélie sèchement.

Peu après sa rencontre avec mon père, elle avait délaissé son emploi d'infirmière pour entamer une formation en graphisme tout en s'adonnant à la peinture. Elle avait choisi d'installer son atelier dans la plus jolie pièce, située à l'extrémité de l'appartement, dans un angle. Ses deux grandes fenêtres absorbaient la lumière qui rebondissait contre les murs aux couleurs d'argile. L'aura y était méditerranéenne. Amélie a peint quelques tableaux. Je dois même avouer que certains ont trouvé grâce à mes yeux, à commencer par celui installé dans la salle d'eau. Quand je prenais un bain, il m'arrivait de me perdre de longues minutes dans le grand rectangle rouge sang accroché en hauteur, sur le mur d'en face. Mais la plupart des toiles neuves que mon père offrait à Amélie, entassées par dizaines, prenaient la poussière. Créatrice prolifique ou non, l'art était devenu son dada. Sur le mur blanc à quelques centimètres du fauteuil bleu, une tête de cheval façonnée à l'aide d'une multitude de briques de Lego avait été accrochée. Cette œuvre m'échappait aussi. De rares aquarelles de la main de mon père, huiles sur toile et lithographies, résistaient, mais beaucoup avaient été remplacées par des créations contemporaines du genre « femmes nues contorsionnistes aux formes généreuses peintes grossièrement » auxquelles je ne trouvais aucun charme. Pour parfaire le tout et parce qu'Amélie trouvait ça « tellement agréable », j'ai découvert un jour une cabine de sauna installée dans le vestibule qui faisait face à la salle de bains. La fermeté de sa peau n'avait manifestement pas de prix.

Les mois défilent. Mon père vient peu à Paris. Au téléphone, il me passe Amélie à la fin de toutes nos conversations. Ses lettres sont moins colorées. Ses dessins se résument à des mises en situation d'Amélie, lui et moi. À la montagne, à la plage, au restaurant, elle est de tous ses croquis. Il prend de mes nouvelles, mais parle surtout de lui. Quand j'y repense, certaines phrases sonnent faux. « J'espère vivre toute ma vie avec Amélie. Je suis heureux dès que j'ai un moment avec elle et rentre dès le travail terminé pour la retrouver », me confie-t-il en juin 2002.

Son entourage ne comprend pas cette idylle et s'éloigne. Ou peut-être est-ce mon père qui prend la tangente. Nous n'allions déjà plus beaucoup voir sa sœur Alice en Normandie quand il a quitté Paris. Depuis sa rencontre avec Amélie, il n'en est même plus question. Pendant l'été, un de mes cousins et sa compagne viennent nous rendre visite. Leurs regards étonnés face à certaines réflexions ou comportements d'Amélie ne m'échappent pas. Mes séjours chez mon père se ressemblent. Je ne croise aucun enfant de mon âge. Nous vivons au rythme bling-bling de ma belle-mère : shopping, plage privée et monoï. Mon père loue toujours les mêmes matelas, sur la plage du Casino. Mes notes de l'été 2002 sont empreintes de jalousie et témoignent d'une solitude criante. « J'ai l'impression d'être de trop par moments » ; « Il ne s'adresse qu'à elle ». C'est qu'Amélie, elle aussi, est jalouse. Et elle ne souffre aucun refus. Un soir, alors que j'ai 13 ans et que nous devons dîner tous les trois au restaurant, elle insiste pour aller en boîte de nuit. Mon père finit par accepter. Après un bref trajet, nous pénétrons dans un lieu sombre et étriqué où la musique est trop forte et trop rapide. Les corps s'agitent dans des faisceaux de lumière bleue qui clignotent. Toute poitrine dehors, Amélie est dans son élément. Accoudés au zinc poisseux, mon père et moi, nous nous demandons ce que nous foutons là. Après quelques jours en Sicile ce même été, ils sont retournés clubber tous les deux le dernier soir. Je suis restée toute seule dans l'appartement que mon père avait loué sur le port de Palerme.

En plus d'en être jalouse, Amélie me rendait mal à l'aise. Comme beaucoup d'adolescents, j'étais loin d'être bien dans ma peau. Et c'est peu de le dire. Je ne suis pas bien grande et j'avais déjà atteint ma taille adulte. Pratiquant la gymnastique rythmique intensément, j'étais musclée, mais mon corps, soumis aux pressions répétées de ce sport, était tassé. Et j'avais, disons-le, des cuisses et des fesses bien dodues ainsi qu'une sacrée paire d'épaules, attributs que je n'assumais pas. Face à la taille de guêpe d'Amélie, je me sentais ridicule. Dans ma tête, Œdipe aidant, si mon père avait choisi de finir sa vie avec une femme comme elle, il ne devait pas me trouver beaucoup d'attraits. D'autant qu'elle m'adressait régulièrement des remarques ô combien sympathiques et subtiles du genre : « Fais attention à ta ligne. Tu as un joli visage, mais trop de cuisses et trop de fesses. » À la fin de l'été, mon père a usé d'une pédagogie similaire quand il m'a confié être « fier de moi car j'avais réussi à perdre du poids ». Les années suivantes, j'ai arrêté de manger quand j'étais chez eux, me contentant d'un verre de lait, d'une pomme et d'une biscotte par jour. Ça n'a choqué personne.

Il y a peu, j'ai remis la main sur une lettre que mon père m'avait écrite au retour de ces vacances. Son ton avait changé. Aucun dessin sur celle-ci, rédigée depuis le bloc opératoire, mais une écriture fébrile. Mon père me réaffirmait son amour, m'enjoignant de ne pas faire de complexes par rapport à Amélie. Pendant ces vacances, il m'avait trouvée distante, toujours à m'isoler avec mes écouteurs. À la fin de sa lettre, il me faisait part de ses craintes : « Parfois, je me dis que tu m'aimes moins que maman », avant de m'annoncer de but en blanc ses problèmes d'argent. « Mais cela n'est que passager », affirmait-il. Deux événements durs à digérer marquent la fin de cette année 2002. Au téléphone, un soir d'octobre, mon père m'annonce son mariage. Il s'était engagé auprès de moi à ne pas réitérer l'expérience. Le genre de promesse clairvoyante à faire à une adolescente. Le mobilier de ma chambre en fait les frais. Quelques mois plus tard, je suis tombée sur des photos de la cérémonie. Mon père et Amélie s'étaient mariés le 5 janvier 2002, seuls, entourés de leurs témoins. Peu de temps après cette réjouissante nouvelle, c'est mon anniversaire. Je reçois un colis imposant de la part de mon père. Je suis heureuse. Je ne serai pas avec lui pour l'occasion, mais il a pensé à moi. Je déchire frénétiquement le carton. Douche froide : pour mes 14 ans, il a eu la riche idée de m'offrir un step pour que mes cuisses soient fuselées et mes fesses plus rebondies. Quelques magnets bleus en forme de dauphin se battent en duel dans le fond du carton aux côtés de confettis dorés en forme d'étoile filante. On repassera pour la confiance en soi.

L'année suivante est jalonnée de disputes entre mon père et sa femme, auxquelles j'assiste parfois. Au téléphone, je ne le trouve pas en forme. Pendant les vacances, la tension est palpable. Ça ne les empêche pas de m'annoncer qu'ils comptent faire un enfant. Joie. Entre-temps, mon père m'explique dans une lettre qu'Amélie arrête son école de graphisme. « Elle se lance dans la peinture et la sculpture. Elle a trouvé sa voie, c'est très bien ainsi. » Un mois plus tôt, elle poursuivait ses études « avec plaisir ». Dans un élan romantique discutable, mon père fait l'acquisition d'un couple de tourterelles. Triangle et Bermude intègrent leur foyer, une impressionnante cage installée dans la cuisine.

4

Perte et conquête

En juin 2005, Gary reçoit un mail de John Hennessey. Cydne Holt a accepté de procéder à la comparaison ADN entre celui de Gary et celui récupéré sur un timbre postal et attribué au Zodiac. Il découvre en pièce jointe un formulaire à remplir : « Prière d'analyser les deux prélèvements et d'établir un profil génétique. Comparer avec celui du tueur du Zodiac. » Sur le document, deux dates : la première est celle à laquelle Gary a fourni son ADN, le 29 octobre 2004 ; la seconde, celle de la demande effective d'analyse, le 21 juin 2005. Optimiste, Gary m'a confié lors d'un de nos échanges : « Je me suis dit que j'allais enfin pouvoir tourner la page. Ce n'était qu'une question de temps, ça allait se faire. »

Empli d'un regain d'espoir, Gary se remet sur la piste de son père. Il se rend sur Dogpile, un moteur de recherche qui agrège les résultats de Google, Yahoo!, Yandex ou Bing, et tape les quelques lettres qui ne quittent plus son esprit : « Earl Van Best ». Contre toute attente, une vingtaine de résultats s'affichent. Ces homonymes résident à Conway, en Caroline du Sud. Coup de fil après coup de fil, la voie royale se transforme en impasse. Personne ne connaît d'Earl Van Best Junior. Les réseaux que tisse Gary sur la Toile finissent par le mener jusqu'à un site spécialisé dans l'histoire de Conway : le Horry County Historical Society's. Stupéfait, il y retrouve le nom de son grand-père : « Best, Earl Van Dorn, 1866-1905. »

Quelques jours plus tard, Gary découvre que d'autres « Best » vivent à Galivants Ferry et à Aynor, non loin de Conway. Après plusieurs coups de téléphone infructueux, il s'entretient avec une certaine Hattie, qui s'avère être la cousine de son grand-père. Elle croit se souvenir qu'il était « un pasteur merveilleux et un homme bon ». Mais sa mémoire n'est plus celle de ses 20 ans. À défaut de pouvoir partager l'histoire des Best, elle invite Gary à la prochaine réunion de famille. Ce dernier poste un message sur le site Horry County Historical Society's. « Mon nom est Gary Loyd Stewart. Je suis né sous le nom d'Earl Van Dorn Best, en 1963. Je suis le fils d'Earl Van Best Jr, fils d'Earl Van Best Sr, petit-fils d'Earl Van Dorn Best. J'ai été abandonné par mon père et j'ai retrouvé ma mère récemment. Je suis à la recherche de tout membre de ma famille qui pourrait connaître mon père ou qui serait un membre éloigné de la famille Best. »

Le lendemain, sur les conseils de Hattie, il appelle Bits Best Rosser, une autre cousine éloignée. Elle se souvient vaguement de l'histoire d'un bébé abandonné à Baton Rouge. En revanche, le parcours de Van ne lui a pas échappé. D'après ce qu'on lui a raconté, sa naissance n'avait pas enchanté sa mère, Gertrude. Après son accouchement, le 14 juillet 1934, elle reste prostrée dans son lit de longues journées. C'est le père de Van, Earl Van Best Senior, qui prend en charge le nourrisson. Comme Hattie, Bits dit de lui qu'il était formidable. L'amour maternel, lui, ne sera jamais au rendez-vous. En 1935, la famille part au Japon, où Earl doit participer à la création d'une Église chrétienne universelle. À l'âge de 6 ans, Van a assimilé le japonais et l'allemand, langue dans laquelle lui parle son père. De son côté, sa mère lui apprend à jouer du piano et de l'orgue. « Oncle Earl nous écrivait des lettres du Japon et nous envoyait les programmes des pièces et des opéras où il emmenait Gertrude et Van, se souvient Bits. Ils aimaient tous la musique et ton père adorait le théâtre. Ta grand-mère était une très belle femme. Elle avait une voix magnifique et jouait du piano comme un ange. »

Malgré ces escapades familiales, le couple que forment Earl et Gertrude bat de l'aile. « Je ne sais pas ce qui a mal tourné chez elle, elle a commencé à tromper oncle Earl. On pensait que le Japon leur ferait du bien mais, apparemment, Gertrude a continué à avoir des liaisons là-bas, développe Bits. Je sais que ça a brisé le cœur de ton père. En décembre 1941, après l'attaque de Pearl Harbor, oncle Earl a mis Gertrude et Van dans le premier bateau pour les États-Unis. Quand il est rentré, il a rejoint le centre-école des aumôniers de l'armée américaine, à Williamsburg en Virginie, avant d'intégrer la marine comme aumônier militaire. »

De leur côté, Gertrude et son fils sont envoyés à Conway, chez Estelle, l'une des sœurs d'Earl. Sous l'autorité d'une Best, femme et enfant feront profil bas. Du moins, c'est à espérer. C'est là que ses cousins découvrent Van. « Ton père était... différent, devrais-je dire. Enfants, quand nous allions à Conway l'été, nous voulions toujours aller jouer sur la plage et nous baigner. Van, lui, n'aimait pas ça. Il s'intéressait à des choses différentes. Il adorait les antiquités. Je me souviens d'un coffre sans âge qui contenait une vieille robe de baptême. Ça fascinait ton père. Il ouvrait ce coffre si souvent que le vêtement avait fini par se désintégrer. On n'aurait pas dû, mais on s'en prenait à lui, avec mes cousins, confesse Bits. On se moquait de ses livres et de sa musique. Puis, quand on a vieilli et qu'on a appris qu'il avait des problèmes, on s'est demandé si nous n'étions pas un peu responsables. »

Pendant quatre ans, Van se retrouve entre des cousins moqueurs, une mère démissionnaire et un père absent une bonne partie de l'année. En plus de son poste d'aumônier militaire au sein de la marine, Earl est officier du renseignement : sa mission consiste à traquer et à décrypter les messages ennemis. Sa maîtrise du japonais et de l'allemand fait de lui un atout. Pendant la Seconde Guerre mondiale, la marine et l'armée utilisent une machine électromécanique de chiffrement complexe appelée SIGABA pour rédiger des cryptogrammes américains. En congé, Earl initie Van à la cryptographie. Il lui apprend d'abord à écrire et à déchiffrer des codes simples, à l'aide de chiffres, de kanji japonais et de termes anglais et allemands. Assidu, le petit garçon décrypte de plus en plus vite les messages imaginés par son père. Bientôt, il crée ses propres codes. C'est à Earl de les déchiffrer patiemment. À l'autre bout du fil, Gary n'en perd pas une miette. Tapi dans l'ombre, le Zodiac revient le hanter.

À la fin de la guerre, la famille retourne à San Francisco. En 1953, en dépit de sa fonction, Earl demande le divorce à Gertrude et épouse une femme de douze ans sa cadette, Eleanor. « Il ne pouvait plus vivre avec une femme infidèle, commente Bits. Je pense que c'est ça qui a beaucoup blessé ton père. » Les mariés déménagent à Indianapolis, à plus de 3 000 kilomètres de la Californie. Van a 9 ans. Désireux de vivre avec son père, ses suppliques n'y changent rien. Van et sa mère intègrent le premier étage d'une maison victorienne sur rue Noe, dans le quartier du Castro, à San Francisco. Père et fils se retrouvent l'été en Caroline du Sud avec le reste de la famille paternelle. Mais Van n'aime pas Eleanor. Les impolitesses à son égard s'additionnent comme les coups de ceinture que lui assène son père. De son côté, Gertrude se remet en ménage. Van se jette à corps perdu dans le piano. « Il nous a souvent raconté qu'il entendait les allées et venues des hommes dans la chambre de Gertrude, et son lit grincer. Je crois que ça l'a profondément affecté », conclut Bits. Elle n'est plus que femme adultère et mère indigne aux yeux de la famille.

Le soir même, Gary reçoit un mail de la part de la nièce de Hattie, Joyce Long Smith. « Quand ton grand-père a appris que ton père t'avait abandonné à Baton Rouge, il a dit à sa femme qu'il voulait y aller, t'adopter, et t'élever comme son propre fils, lui confie-t-elle. Il a eu le cœur brisé quand ils sont arrivés en Louisiane et qu'ils ont appris que tu avais été adopté. Ton grand-père ne s'en est jamais remis. »

Quelques semaines plus tard, Gary retourne sur le site Horry County Historical Society's. Sous sa publication, un certain « Anonymous William » a répondu : « Je crois que votre père a été arrêté à San Francisco pour avoir enlevé votre mère. Elle avait 14 ans à l'époque. Je suis heureux que vous l'ayez retrouvée ! Vous êtes né à La Nouvelle-Orléans. Un certain Earl Best vit en ce moment à San Francisco sur la 46e ou 47e Avenue. Cela doit être vous ou un de vos proches. Bonne chance. William. » Gary tente de joindre ce nouvel homonyme. Au bout du fil, une femme lui indique qu'il s'est trompé de numéro et raccroche. Il se tourne alors vers ce mystérieux William, qui dit avoir été le meilleur ami de son père jusque dans les années 1960. Il aurait même accompagné Van et Judy à l'aéroport, quand ils ont quitté San Francisco pour la première fois. Pendant plusieurs mois, les deux hommes s'écrivent presque tous les jours. Ils finissent par s'appeler, puis par se rencontrer.

William Vsevolod Lohmus von Bellingshausen

habite à Novato, une petite ville à trente minutes au nord de San Francisco. « Tu as les yeux de ton père, c'est étrange », confie d'emblée le vieil homme à Gary. Sa femme, qui a aussi connu Van, les laisse pour aller peindre dans son atelier. Après avoir posé sa canne et s'être enfoncé dans son fauteuil, l'ancien détective lève progressivement le voile sur l'enfance de Van. Et sur ses obsessions.

« On s'est rencontrés au lycée, à San Francisco. La première fois que Van m'a adressé la parole, c'était en allemand. Il ne pouvait pas savoir que je le parlais couramment moi aussi. Quand je lui ai répondu, il a été cloué sur place. Ça a scellé notre amitié. » Pendant leur temps libre, les adolescents délaissent l'air marin et s'enferment dans la chambre de Van pour écouter et réciter *Le Mikado*, opéra paru en 1885 que Van avait découvert enfant au Japon, avec son père. « Il connaissait chaque mot de cette opérette qui l'obsédait, confie William à Gary. D'après Van, ton grand-père avait rencontré l'empereur du Japon, Hirohito. Mais je n'y ai jamais cru. Van fabulait beaucoup. Un jour, il m'a aussi dit qu'il avait croisé la reine d'Angleterre pendant son couronnement alors qu'il était à Hinchingbrooke. » Hinchingbrooke, voilà un autre chapitre intrigant de la jeunesse de Van.

Quand les deux amis obtiennent leur bac en 1953, William décide de passer quelques mois au Mexique. Les plans de Van sont tout autres. Lors d'une réunion de l'Union anglophone des États-Unis, dont il faisait partie, il a fait une rencontre peu commune. Celle d'Alexander Victor Edward Paulet Montagu, vicomte de Hinchingbrook, membre du Parlement britannique, et fils du 9e comte de Sandwich. Impressionné par sa connaissance de la culture britannique, le vicomte invite son jeune ami à Hinchingbrooke, immense résidence secondaire de la famille Montagu. Van saute sur l'occasion et son père accepte de lui payer le billet de bateau pour l'Angleterre en guise de cadeau pour son diplôme sans se poser plus de questions. Montagu est alors âgé de 47 ans. Van en a 19.

Construite au XIe siècle dans le comté du Cambridgeshire, à l'est de l'Angleterre, Hinchingbrooke House sert d'abord de prieuré aux nonnes bénédictines avant d'être léguée en 1536 à Richard Cromwell, fils d'Oliver Cromwell, Lord Protecteur d'Angleterre[1]. C'est lui qui en fera une propriété de vacances, ajoutant des bâtiments entiers à l'original. La famille Montagu rachète Hinchingbrooke un siècle plus tard. En 1830, un incendie ravage la propriété. Les peintures et les meubles sont en grande partie épargnés, et le bâtiment reconstruit dans le style élisabéthain. Pendant les travaux, des ouvriers découvrent les squelettes d'un homme et d'une femme pris dans la pierre. De récentes découvertes font remonter leur mort au Xe ou XIe siècle.

Van passe son été 1953 entre l'impressionnante propriété et Londres. C'est lors d'un de ses déplacements dans la capitale qu'il aurait assisté, le 2 juin, au couronnement de la Reine Élisabeth II, à l'abbaye de

1. Chef du gouvernement.

Westminster. Mais ce n'est pas ce sur quoi il s'étend quand il retrouve William. Ce qui a le plus marqué Van à Hinchingbrooke, ce sont les nuits. Il suffit de regarder des photos de l'immense demeure aux allures de château pour comprendre qu'une fois le soleil couché, la symphonie livrée par les fondations et le mobilier doit être intimidante. Quand Van y pénètre pour la première fois, une odeur de renfermé le force à se boucher le nez. À l'intérieur, il est saisi par la beauté des lieux. Les pièces immenses sont recouvertes de portraits démesurés. Le mobilier ancien se marie à merveille avec les larges escaliers en bois sculpté. Habillés de cheminées prêtes à engloutir les plus hauts arbres du bois avoisinant, les nombreux salons fourmillent de vieux objets et de draperies colorées. Au détour des lourdes portes, les pièces se multiplient. Dans ce lieu inondé d'histoire, Van est incapable de fermer l'œil. La nuit venue, les grincements inquiétants prennent une nouvelle ampleur et gagnent sa chambre. Comme si quelqu'un, ou quelque chose, arpentait les corridors. Le jeune homme s'enroule dans sa couverture et, les yeux grands ouverts, se terre dans un coin de la pièce. Il ne trouve le sommeil qu'à l'aube, aidé par les rayons naissants du soleil qui se fraient un chemin à travers les rideaux épais. Une nuit, ses nerfs sont mis à rude épreuve. Comme les précédentes, incapable de s'endormir, Van se tient immobile dans son lit. Les mêmes sons parviennent à ses oreilles, accompagnés parfois de chuchotements dans l'air humide et froid de Hinchingbrooke. Soudain, le couloir s'anime. Les bruits se rapprochent. Et s'arrêtent devant sa chambre. Entre-temps, Van s'est extirpé de son lit pour se fondre sous sa couverture. La porte s'ouvre dans un grincement, laissant apparaître une silhouette sombre éclairée par la lumière orange de la lanterne du couloir. Gary ne livre pas plus d'éléments. Si ce n'est que son père quitte les lieux dès le lendemain matin, préférant écourter son séjour.

Van n'est pas le seul à avoir été terrifié à Hinchingbrooke. À partir du XXe siècle, plusieurs hôtes font état de phénomènes similaires. Peu après la Première Guerre mondiale, une femme assure avoir aperçu des nonnes dans le grand escalier. Et dans les années 1940, un soldat aurait croisé une dame blanche sur les vastes terres de la propriété. Depuis, pour beaucoup, Hinchingbrooke House est hantée.

« Van est rentré transformé de ce voyage. Il était obsédé par les esprits, poursuit William. En plus de ses nuits d'horreur, il aurait aussi beaucoup discuté avec Victor Montagu du Hell Fire Club. » Un aïeul de Victor aurait fondé ce club très privé réservé aux nobles et aux lords. La légende veut que ses membres aient invoqué Satan.

Le jour de son départ précipité de Hinchingbrooke, le vicomte offre à Van un objet étrange : une massue en bronze en forme de tête de taureau. L'arme fascine le jeune homme. Pour lui, il ne fait aucun doute qu'elle est possédée par le diable. De retour à San Francisco, il l'accroche au-dessus de son lit au moyen d'une structure branlante imaginée par ses soins. Un jour, William remarque une bosse proéminente sur le front de son ami. D'après Van, la massue, qu'il a retrouvée dans son lit après s'être réveillé en sursaut à cause de la douleur, l'a assommé. D'ordinaire, de tels objets ne l'effraient pourtant pas. Au lycée, Van s'était porté volontaire au M. H. De Young Museum. Après les cours, il s'y rendait pour nettoyer des armes médiévales. William apprendra par la suite la véritable raison qui a précipité le départ de Van. « Montagu m'a fait des avances », lui glisse-t-il un jour. Comme souvent, William n'en croit pas un mot. Ils n'en parleront plus. Cette scène, je la tiens du livre de Gary. Un an plus tard, je suis tombée sur une série d'articles accusant Victor Montagu d'agressions sexuelles sur de jeunes garçons, son fils en tête.

*

Chez William, Gary ne perd pas une miette du récit que veut bien lui livrer l'ancien ami de son père. Après avoir obtenu leur bac, William et Van entrent à l'université de San Francisco pour y étudier les sciences criminelles. Organiste accompli, Van se rend parfois à la Grace Cathedral pour s'exercer sur l'instrument monumental qu'elle abrite. Puis il découvre le Lost Weekend Tavern, un établissement prisé pour ses cocktails et ses concerts improvisés grâce à l'orgue Wurlitzer qui trône derrière le bar, sur une estrade. Il y croise la route d'Anton Lavey, la vingtaine, le regard acéré, aussi noir que son bouc et ses cheveux en bataille. Personnage haut en couleur, Lavey gagne sa croûte grâce à ses talents d'organiste et se produit souvent au Lost Weekend Tavern. Il fraye aussi avec le milieu du cirque, où sa musique lui permet d'après lui d'apprivoiser les félins pour lesquels il se passionne. Un soir, Van lui succède derrière l'orgue. Anton Lavey est séduit. Autour d'un verre, les deux hommes commencent à parler musique, puis littérature. Le nouvel ami de Van en est friand. Il apprécie surtout les classiques de l'horreur, *Dracula* ou *Frankenstein* en tête, décrypte les biographies de personnages diaboliques comme Raspoutine et se perd aisément dans les *pulps*, ces magazines bon marché aux récits fantastiques et criminels. Les deux hommes se revoient plus d'une fois et discutent des heures durant de leurs sujets de prédilection communs.

C'est à cette période que Van développe son amour pour les livres anciens et multiplie les séjours à Mexico dans l'espoir de dénicher des pièces rares à revendre sur le sol américain. « À la fin de nos études, j'ai plusieurs fois essayé de convaincre ton père de travailler avec moi quand je suis devenu détective privé, confie William à Gary. Mais il était persuadé qu'il allait trouver un trésor au Mexique. Ton père ne gardait jamais bien longtemps ce qu'il rapportait. Tout se vendait en l'espace de quelques semaines. Je le regardais trier ses trouvailles et je me souviens particulièrement bien d'un document signé par le roi Philippe II. Je sais qu'il l'a vendu une somme considérable. »

En 1957, la mère de Van lui choisit une épouse.

Mary Player devient sa première femme. C'est surtout en jouant de l'orgue qu'il fait vivre son couple, malgré quelques allers-retours lucratifs au Mexique. Il passe alors des heures à la recherche de premières éditions britanniques, de comics rares et de vieux rouleaux, qu'il n'hésite pas à falsifier pour en tirer plus d'argent. Sa relation avec sa femme se dégrade. Au point que, le 4 janvier 1960, Mary demande le divorce pour cause de « cruauté extrême et traitement inhumain ». Comme Gary le relate dans son livre, William ne tient pas à s'étendre sur ce premier mariage. « Parfois, Van pouvait devenir fou », déclare-t-il simplement. Van réintègre sa chambre chez sa mère et devient employé chez IBM. Nous arrivons au moment fatidique de la rencontre entre Van et Judy. Ce que William en raconte est bref. Le jour de leur première fugue, le 5 janvier 1962, c'est bien lui qui les accompagne à l'aéroport. Lorsqu'il voit la jeune femme au bras de Van, il la trouve très jeune. « Oh, non ! Elle a 19 ans ! » lui lance son ami en se ruant dans la voiture.

De 2005 à 2010, William et Gary s'écrivent régulièrement et se voient à trois reprises. Le premier demande au second de l'appeler oncle Bill. Lors d'une de ces visites, il tient à lui montrer un objet dérangeant. Au fond d'une étagère se cache un petit cube en bois de dix centimètres de côté. Sur chaque face, des visages déchirés de terreur délicatement sculptés fixent celui ou celle qui les observe. William le possède depuis longtemps. Adolescent, il l'a montré à Van.

Sa fascination pour cet objet avait viré à l'obsession et inquiété William. D'après le jeune garçon, certains peuples recueillaient les âmes de leurs esclaves pour l'au-delà dans des boîtes similaires. « Il était obnubilé à l'idée de tuer quelqu'un et d'enfermer son âme dans ce cube de bois, explique William. Quand nous marchions dans les couloirs du lycée et que nous croisions une camarade, il n'était pas rare que Van se tourne vers moi et me demande en riant : "Elle serait parfaite, non ? Qu'en penses-tu ?" »

*

En mai 2007, le téléphone sonne chez ma mère. À son ton, je comprends vite qui est à l'autre bout du fil : mon père. Je rôde dans le salon, guettant le moment où le combiné va me revenir. Mais la conversation ne prend pas sa tournure habituelle. Ma mère fronce les sourcils et baisse la tête avant de me tourner le dos, tel un médecin à qui on transmettrait des résultats alarmants sur le compte du patient installé à son bureau. Elle parle peu. Seuls des « mm-hmm, mm-hmm » alimentent l'échange. Je la contourne et lui adresse un regard interrogatif en chuchotant : « Qu'est-ce qui se passe ? » Elle balaie mon intervention de la main et se retourne à nouveau. « Écoute, Joseph, viens peut-être à Paris le temps que ça se tasse ? » finit-elle par suggérer. Ma curiosité se fait de plus en plus pressante. Près de trente minutes plus tard, le « Elle est là, je te la passe » tant attendu résonne dans la pièce baignée de silence.

Mon père n'a pas sa voix habituelle. Elle est teintée de rage, de larmes aussi peut-être. Ça ne va pas avec Amélie. Il ne la reconnaît plus depuis quelque temps. Les insultes à son égard fusent.

« Je me demande ce que j'ai foutu quatre ans avec elle. Pourquoi tu ne m'as rien dit ?

— Papa, ce n'est pas à moi de te dire avec qui tu dois être ou non. »

Je tourne en rond dans le salon, un flot de questions au bord des lèvres. Ma mère fait les cent pas dans son bureau, l'air grave. Je demande plus d'explications. Seul élément de réponse : Amélie traîne avec deux types louches. L'un d'entre eux vient de sortir de prison. Mon père a peur. Je lui propose à mon tour de venir à Paris le temps que ça s'arrange. Il n'envisage pas cette solution. Je finis par raccrocher, inquiète et déconcertée. C'est la dernière fois que j'ai entendu le son de sa voix.

Quelques semaines avant le bac, mon lycée laisse le champ libre aux terminales le temps d'une journée. La promotion organise une fête au sein de l'établissement, à grand renfort de sonos et de déguisements. Des cris de joie et d'excitation chargés d'hormones résonnent partout au milieu des confettis. Installées en bonne place, des enceintes crachent les tubes du moment. Les élèves des niveaux inférieurs se joignent à la fête entre deux cours. Il fait beau, il fait chaud. Sirènes, pharaons et héros de comics se croisent dans une explosion de couleurs. Les appareils photo sont de sortie pour figer la liesse de ce 30 mai 2007. J'ai décidé de me grimer en pirate, accoutrement qui demande peu d'investissement. Deux proches amies et moi batifolons. Embusqué dans toutes les têtes, l'examen tant redouté nous laisse aujourd'hui un peu de répit. C'est le moment de se souvenir des années passées et de regarder devant. De se dire au revoir sans vraiment le faire. Dans quelques semaines, nous profiterons des dernières vacances avant le grand bain. La majorité n'est qu'à quelques kilomètres. Le début de nos vies aussi. En fin d'après-midi, je revois comme si c'était hier ma mère s'avancer vers moi, la mine défaite, les yeux hagards. Je ne comprends pas tout de suite que quelque chose de grave est arrivé. Elle me prend un peu à part, le long d'un des murs en brique de la plus vieille cour du lycée, qu'elle connaît bien puisqu'elle y enseigne depuis une vingtaine d'années. Je la suis tout en continuant d'échanger avec les amis présents aux alentours. Je parle fort. Ma mère me prend les mains pour attirer mon attention et calmer mon excitation.

« Manon, Joseph a eu un accident.

— Quel accident ?

— On l'a retrouvé dans la mer, au niveau d'un café sur une plage près de chez lui. Il est aux urgences. C'est sérieux, mais je n'en sais pas plus pour l'instant. »

Ma mère et moi n'avons pas parlé plus longtemps. Il fallait aller droit au but, énoncer les faits. Elle a dû me dire de rester avec mes amis. Ce que j'ai fait. Je suis tout de suite allée les retrouver pour le leur annoncer. J'étais inquiète mais nous n'étions pas en état de traiter l'information. Nous avons quitté le lycée et mis la nouvelle de côté, comme une brève tragique, lue au détour des pages d'un journal. Je ne me souviens pas de ce que nous avons fait ensuite.

Le soir, le couperet tombe. Après avoir été retrouvé inanimé entre deux eaux dans la Méditerranée, à quelques encablures de la plage, mon père est tombé dans le coma. Les pompiers ont pu faire repartir son cœur, mais les pronostics ne sont pas bons. Le surlendemain, en pleines révisions du bac, ma mère et moi faisons l'aller-retour en avion. L'image de mon père est intacte. Celle de l'hôpital est floue. Le couloir, le bureau du médecin où nous passons avant d'entrer dans sa chambre, toutes les pièces me semblent basses de plafond et étroites. L'odeur si particulière qui y règne me prend à la gorge. Nous croisons les parents d'Amélie, dont j'avais oublié l'existence. Ils bafouillent quelques mots en nous voyant arriver. Je ne crois pas leur avoir répondu. Je ne me demande pas où leur fille se trouve. La chambre dans laquelle j'entre me paraît toute petite. Sur son lit, lui me semble plus petit encore. Il est maigre. Ses cheveux bruns bouclés parsemés de fils blancs ont poussé depuis la dernière fois et lui arrivent presque aux épaules. On lui a enlevé ses lunettes. Il a l'air paisible malgré son intubation. D'autres gros tuyaux le relient aux machines imposantes qui entourent son lit. Le drap hospitalier est remonté jusqu'à son nombril. Certains branchements m'échappent, cachés dans les plis du linge blanc parsemé de motifs bleus. Je ne tiens pas à les comprendre.

Je reste seule avec lui et lui parle longuement, sa main dans la mienne.

De retour à Paris, je m'efforce de rester concentrée. Passer le bac plus tard est possible, me dit-on. Je ne le souhaite pas. Imminente, cette échéance me tient debout. Pendant une semaine, nous avons des nouvelles chaque jour. Elles ne sont pas bonnes. Les organes de mon père refusent les uns après les autres de fonctionner. Ma mère passe des heures au téléphone avec des amis de mon père, sa sœur Alice et Robert, son mari. Le 7 juin, je révise la géographie chez une amie quand sa mère entre dans la chambre en fin d'après-midi. Je remarque tout de suite son regard grave et le téléphone, dans sa main gauche. Je ne sais plus qui d'elle ou de ma mère, à l'autre bout du fil, m'apprend la nouvelle redoutée et pourtant prévisible. À 16 h 15, mon père a rendu son dernier souffle artificiel. Il venait d'avoir 50 ans. La première épreuve du bac se déroule le 12 juin. Pendant cinq jours, je noircis de la copie. Mes amis les plus proches sont les seuls à être au courant de ce que je traverse. J'aimerais que tout le monde le soit. Au début et à la fin de chaque épreuve, quand les élèves s'entassent sur le large trottoir devant le lycée, j'ai envie de crier. J'attends la dernière épreuve, celle d'italien, pour fondre en larmes sur ma petite table, au milieu de mes surligneurs d'écolière.

Le samedi suivant, alors que mes camarades savourent leur liberté retrouvée dans leurs chambres aux atmosphères encore alcoolisées de la liesse de la veille, je me lève à l'aube. Avec ma mère, nous arrivons sur la Côte d'Azur à 8 h 20. La crémation a lieu à 11 heures, dans les hauteurs vallonnées. Une fois encore, ma mémoire est floue. Des photos du lieu m'aident à reconstituer mon souvenir. Dans la montagne, au détour d'un lacet, le crématorium apparaît. Le bâtiment moderne n'est pas grand et se tient à l'abri d'un mont. À moins d'avoir emprunté le chemin qui y mène, impossible de se douter de sa présence. Comme si tout cela avait été savamment orchestré. Pour que les morts disparaissent à l'abri des regards, dans le secret des vallées verdoyantes. L'architecture est aussi triste que les cérémonies qui s'y déroulent. Le soleil tape déjà. Le bras goudronné qui mène à l'entrée colle sous nos pieds. Je marche dans du coton. Je porte une jupe courte blanche à volants et un chemisier parme à manches courtes. La famille de mon père se tient en rang serré. Non loin, j'aperçois ses plus proches amis : Lucie et Hubert, ainsi que Nicolas, leur fils. Mon acolyte, Margaux, fidèle à tous les postes, même les plus durs à honorer, est à mes côtés. Robert me prend dans ses bras et s'adresse à ma mère : « Amélie n'a pas intérêt à se pointer, je lui ai dit l'autre jour. » J'apprendrai plus tard les détails de cette rencontre.

La salle n'est pas grande. Je m'installe au premier rang. Devant moi, le cercueil est déjà face à la trappe qui l'engloutira tout à l'heure. Je pourrais presque l'effleurer. Plus tôt dans la matinée, on m'a proposé de voir mon père une dernière fois. Mais, depuis le fond du couloir, Robert me l'a déconseillé, d'un simple hochement de tête. Mon discours, prononcé entre deux hoquets, et la musique sont les seules choses précises dont je me souvienne. Il m'est depuis impossible d'écouter la bande originale d'*Ascenseur pour l'échafaud*, dont mon père était mordu. Avant que le cercueil disparaisse dans les flammes, nous quittons les lieux pour un restaurant en bord de route. Installées en enfilade, les tables en formica sont pleines. Et les baies vitrées inondées de soleil. Nous rions en pleurant, ou l'inverse, en nous souvenant des frasques de mon père. Dès l'enfance, il était de ceux qui amusent la galerie malgré la sévérité de son père colonel. Deux de ses farces sont mémorables. Pour mettre la première au point, les élèves devaient attraper fermement leur pupitre par en dessous. Au moment où le professeur entrait dans la pièce, ils n'avaient plus qu'à attendre le signal, que mon père lançait : « La marée se retire ! » D'un coup, dans une synchronisation parfaite, tous se levaient et reculaient frénétiquement à petits pas. En quelques secondes, une tranchée s'était formée entre eux et le professeur. La deuxième est plus classique. Quand on disait à mon père de « prendre la porte », il la dégondait et partait avec. Un jour, pensionnaire au collège Saint-Cyr, dans les Yvelines, il fait la blague de trop. Le 18 septembre 1970, il apprend la mort d'une de ses idoles, Jimi Hendrix. Mon père passe dans toutes les classes pour demander une minute de silence. Il est viré sur-le-champ.

Avec un père absent dix mois sur douze et une mère au foyer dénuée d'amour mais dotée d'une multitude d'araignées au plafond depuis son plus jeune âge,

Joseph et ses trois sœurs ont morflé. Mon grand-père est décédé quand j'avais 10 ans. Ma grand-mère, trop diminuée psychiquement et physiquement, n'est pas là aujourd'hui. Je doute qu'elle ait compris que son unique fils était mort. Je la connaissais mal et ne la voyais que lorsque mon père venait à Paris, c'est-à-dire très peu. Je sais juste trois choses : elle était folle, elle était méchante et elle ne jurait que par Dieu. Ma grand-mère était persuadée que les Russes l'avaient mise sur écoute, que mon grand-père cherchait à lui sucer le sang la nuit et, au moment de servir le café, elle cherchait le sucre sous les coussins du salon. Après sa mort, peu après celle de mon père, on a retrouvé des dizaines de paires de ciseaux et de scies soigneusement rangées dans tous les tiroirs de son appartement. Mon père ne s'est jamais remis du désamour maternel dont il a pâti. Sa mère n'avait pas choisi meilleure occasion que le mariage de mes parents pour réclamer le divorce lors de son discours. Elle avait demandé à mon père de l'accompagner à la gare sur-le-champ pour rentrer à Paris. J'ai appris plus tard que quand mon grand-père était en mission, elle se rendait régulièrement chez son amant, avec ses enfants.

Pendant le repas, je flotte, comme dans un mauvais rêve. Entre deux larmes, mon oncle nous prend à part, Margaux et moi : « Les filles, on est bien d'accord, c'est un accident, ce qui s'est passé. »

Le 20 juin, nous rentrons à Paris avec les cendres de mon père. Contre toute attente, ma mère a réussi à lui trouver une place au cimetière du Montparnasse. Nous organisons rapidement une seconde cérémonie autour de sa cavurne. Cette fois-ci, la famille de ma mère est présente. Il y a peu de monde. D'anciens collègues de l'hôpital de la Pitié-Salpêtrière où il a longtemps exercé, notamment dans le service de chirurgie cardiaque du célèbre Pr Cabrol, prennent la parole sans que je saisisse leur nom, ni la relation qu'ils entretenaient avec lui. Tous évoquent un ami formidable. Les uns après les autres, ils me l'assurent : mon père était en or. J'acquiesce, muette. Joseph était un humaniste et un bon ami, il a été un père absent.

Au début du mois de juillet, depuis la cour d'un lycée parsemée de grands panneaux d'affichage remplis de tableaux Excel, j'apprends à ma mère, en pleurs, que j'ai décroché le bac. Quelques jours plus tard, elle fait l'aller-retour dans le Sud avec son compagnon pour rapporter les affaires de mon père qui me reviennent : quelques meubles, trois sculptures, sa veste en cuir et sa bouteille de parfum. J'apprends que ces dernières semaines il ne vivait plus chez lui, mais dans un studio prêté par une amie. Ce sont les affaires qui s'y trouvaient que je récupère. Je ne reverrai jamais celles qui peuplaient ma chambre. D'après les bribes d'informations dont je dispose, je comprends que mon père retrouvait chaque soir son appartement jonché de détritus et de mégots de cigarettes. Il avait entamé une procédure de divorce. Lucie et Hubert avaient fini par lui prêter le studio où vivait la mère de Lucie, trois étages au-dessus de chez eux. Je suis sonnée et ne cherche pas à en savoir plus. Quoi que j'apprenne, il ne reviendra pas. La frénésie des premiers jours laisse place au calme froid. Tout retombe. Comme une mauvaise descente après un bon trip. On est vide, on est seul, et on déguste.

5

Retourner à la source

Alors qu'il attend les résultats de la comparaison ADN, Gary ne peut plus compter que sur lui-même. C'est à lui de faire le travail. « Un jour, je me suis souvenu de ce que m'avait dit un détective : "Pour résoudre un crime, tu dois toujours retourner à la source." » Pendant deux ans, il s'applique à repasser l'énigme du Zodiac au peigne fin. Il multiplie les séjours à San Francisco et s'enfonce à nouveau dans les abysses du site de Tom Voigt. Son intuition est intacte. La machine est lancée.

Gary se penche sur les cinq meurtres attribués avec certitude au tueur. Le Zodiac s'est attaqué trois fois à des couples hétérosexuels, mais le corps des femmes en est sorti toujours plus meurtri. Celles auxquelles il s'en prenait, blondes, les cheveux coupés au carré, le visage fin et juvénile, lui en rappelaient-elles une autre ? Gary en est sûr maintenant. À la vue de ces inconnues, le souvenir déçu de Judy aurait pris le dessus dans l'esprit malade de Van. Délaissé par sa mère pour d'autres hommes quand il était enfant, Van n'aurait pas supporté de l'être une nouvelle fois par Judy. Un éminent psychologue de la police de New York n'avait-il pas dit à propos du tueur en série David Berkowitz : « Sa haine et son désir de vengeance sont très probablement inspirés par une femme – mère, sœur ou petite amie – qui l'a rejeté. Il arrive que les maniaques de ce genre disparaissent purement et simplement. Jack l'éventreur n'a jamais été capturé, pas plus que le tueur du Zodiac. »

Une phrase de William, aussi, lui revient souvent en tête : « Si Van n'était pas déjà fou en entrant à l'hôpital psychiatrique d'Atascadero, les électrodes lui ont grillé le cerveau pendant si longtemps qu'il l'était forcément en sortant de là. »

Poursuivant ses recherches, Gary se rend à la Grace Cathedral, où son père jouait de l'orgue à ses heures perdues. Perché dans les hauteurs du quartier de Nob Hill, le bâtiment néogothique comprend non pas un, mais trois orgues. Au sol, des symboles se détachent du marbre clair. À égale distance, trois croix marron cerclées. Elles ressemblent étrangement à la signature du Zodiac.

Van est libéré le 12 juillet 1965. Quand il franchit les portes de la prison de Saint-Quentin, la Californie n'est plus la même. Un vent grisant souffle sur ses terres. À San Francisco, cheveux longs et fleurs en bandoulière, on prône la liberté et on défile contre la guerre du Viêt Nam. On rejette l'ordre établi et le patriarcat. On aspire à quelque chose de nouveau, quelque chose de meilleur. L'émancipation passe aussi par les paradis artificiels. Des effluves de marijuana emplissent les rues et l'acid rock fait ses premiers pas. Mais la priorité pour Van est d'avoir du boulot. Il se tourne vers ce qu'il a toujours fait, jouer de l'orgue. Et pour décrocher des contrats, il va voir Anton Lavey chez lui, une demeure dans le style victorien un poil angoissante située au 6114 rue de Californie, à San Francisco. Pendant que Van prenait son mal en patience en prison, Lavey commençait à se faire un nom. Il est aujourd'hui une figure locale. Une fois par semaine, il présente des lectures sur le thème de l'occultisme dans un groupe appelé « Le cercle magique ». Une fois le temps perdu rattrapé, Lavey oriente Van vers l'Avenue Theatre, un cinéma sur l'avenue San Bruno. Ouvert en 1927, l'établissement est réputé pour ses projections de film les mardis et mercredis soir, mises en musique par un organiste. Dans la salle Art déco, il entend jouer Robert Vaughn, célèbre musicien de la baie de San Francisco, et rencontre Rick Marshall, le manager de l'établissement. Le courant passe, et Van remplace de temps en temps Bob Vaughn. Pour joindre les deux bouts, il s'improvise aussi chauffeur de taxi. Ses allers-retours au Mexique pour dénicher des curiosités à revendre aux bouquinistes de San Francisco reprennent à un rythme fréquent. Il s'y rend au minimum une fois tous les deux mois, en voiture. Le trajet dure plus de trente heures, et Van voyage beaucoup au gré des livraisons. Avec ses importants fonds documentaires sur la photographie, la science-fiction et les Citrus, la bibliothèque de l'université de Riverside est un client régulier.

Depuis sa sortie de prison, Van s'est remarié. Sa troisième femme s'appelle Edith. Comme Judy quatre ans plus tôt, elle ne tarde pas à tomber enceinte. Van devient père une seconde fois. Et, une seconde fois, il cherche à fuir les cris de son fils. Il s'évade dans l'alcool et la musique à Haight-Ashbury, à une dizaine de minutes en voiture de chez lui. Avec Edith, ils se sont dégoté un logement dans le quartier des affaires, rue Bush. Il traîne aussi ses guêtres au lac Berryessa, à une petite centaine de kilomètres de San Francisco, où un festival de musique en plein air se tient tous les week-ends pendant l'été. Lors d'une de ses virées, il fait la connaissance de Bobby Beausoleil. Beau mec aux yeux clairs et guitariste talentueux, il se produit dans divers groupes musicaux, dont The Orkustra, formation de rock psychédélique qui bat de l'aile. Van joue à plusieurs reprises avec Beausoleil et ses comparses avant de continuer sa route, faute de cachets. Bobby Beausoleil racontera à Gary : « Pas mal de musiciens gravitaient autour de notre petit cercle. Et Van était l'un d'entre eux. Je ne peux pas vous dire ce qu'il a fait après, ou d'où il venait. Ce que je peux vous dire, c'est qu'il jouait méchamment de l'orgue Hammon. »

Beausoleil ne sait pas trop où il va non plus. Quelques mois plus tôt, le réalisateur underground et controversé Kenneth Anger l'a repéré lors d'un happening. Il l'a pris sous son aile et les deux hommes ont conclu un marché : si Bobby accepte de jouer dans ses films, Kenneth lui met un toit au-dessus de la tête. Le jeune homme s'installe à Westerfeld, une imposante demeure dans le style victorien à l'angle de Scott et Fulton, dans le nord de San Francisco, acquise par Anger un an plus tôt. C'est le lieu de toutes les rencontres. On y croise souvent Anton Lavey, proche du cinéaste au point d'en faire le parrain de sa seconde fille. Lavey a bien changé. Dans la nuit du 30 avril 1966, il a fondé l'Église de Satan. Il s'est rasé le crâne, ne porte plus que d'amples et souples capes noires et apparaît régulièrement coiffé de deux cornes. Il veut rendre hommage à Satan pour se rebeller contre un système oppressif, non pour commettre des actes satanistes. Celui qui se fait maintenant appeler « Grand Prêtre » prône l'hédonisme, à condition de trouver le bon équilibre entre plaisir et contrôle. Lavey crée un nouveau calendrier, dont l'an 1, 1966, est celui de Satan, remet au goût du jour le Pentagramme et mène des rituels au cours desquels ses disciples sont censés s'approprier les vertus de Satan et rejeter les expectatives culturelles exigées par la religion et la société. La presse s'en mêle quand il célèbre le premier mariage satanique : celui d'un journaliste radical et d'une riche héritière new-yorkaise. Le lendemain, les photos sont dans le *San Francisco Chronicle* et le *Los Angeles Times*. Anton Lavey est propulsé sur le devant de la scène.

Van est souvent fourré à Westerfeld, où il échange beaucoup avec Lavey. Il partage les préceptes de l'Église de Satan sans pour autant y adhérer. On raconte que c'est aussi chez Anger que Bobby Beausoleil serait un jour tombé sur un certain Charles Manson. Guitariste comme lui, il a fait ses gammes en prison. À 32 ans, il y a déjà passé la majeure partie de sa vie et vient d'en sortir. Beausoleil change alors de Pygmalion. Quatre ans plus tard, les conséquences de ce choix le mèneront en prison, où il purge encore une peine à perpétuité pour l'un des meurtres perpétrés par la Famille sanguinaire de Manson.

*

La nuit est déjà avancée quand Darlene Ferrin se met au volant de sa Corvair. Comme convenu dans l'après-midi, elle rejoint Michael Mageau, un ami. Ils se retrouvent à cette heure tardive pour aller dîner. À 22 et 19 ans, tous deux sont déjà dans la vie active. Elle est serveuse et jeune maman, il est ouvrier. Sur le trajet, les yeux clairs de Darlene se plantent dans ceux de Michael : « Il faut que je te parle de quelque chose. » Le duo fait demi-tour et prend la direction du parc Blue Rock Springs à Vallejo, un coin calme où ils pourront échanger en cette chaude nuit d'été. Michael a un mauvais pressentiment. Depuis quelque temps, il perçoit une aura étrange planer sur San Francisco. Un tueur rôde dans la région. Darlene n'a que faire des névroses de son ami. Elle se gare, éteint le moteur, les phares, et allume la radio. Ils entament leur conversation au moment où trois voitures entrent sur le parking. Les jeunes gens échangent un regard inquiet et retiennent leur souffle. Il y a quelques mois, un couple a été assassiné dans les mêmes circonstances que celles dans lesquelles ils se trouvent : assis sur les sièges avant d'une Rambler garée à l'écart. Ils sont soulagés de voir un groupe d'adolescents faire claquer les portières. Ils parlent fort et rient aux éclats, allument quelques pétards, puis repartent. Mais voilà que Michael remarque une autre voiture arriver. Comme Darlene l'avait fait, le conducteur éteint les phares. Il s'arrête à un ou deux mètres de son véhicule.

« Tu le connais ? demande-t-il à Darlene.

— Oh, c'est sans importance. »

Cinq minutes plus tard, la voiture redémarre brutalement. L'homme fait mine de repartir avant de venir se garer derrière eux. Cette fois, les phares restent allumés. Le chauffeur descend du véhicule et se dirige vers eux, une lampe torche à la main. Soudain, les premières balles fusent, transperçant le cou et le dos de Michael. L'individu tire aussi sur Darlene, puis, mutique, fait demi-tour. Michael pousse un cri. Le tueur revient sur ses pas et appuie quatre fois sur la détente. Les deux premiers projectiles sont pour le jeune homme, les autres pour Darlene. Michael parvient à se hisser hors de son siège. Il se traîne à terre et tente d'attirer l'attention. Mais, sur le parking, lui et Darlene sont seuls.

Quand la police arrive sur les lieux, aux alentours de minuit, Michael est découvert allongé sur le dos. Malgré le flot d'hémoglobine qui s'échappe de sa bouche et de son mollet, il est vivant et conscient. Darlene est toujours assise derrière le volant. Sa tête repose contre la porte, son carré blond lui voile le visage. Son corps est criblé de balles. Depuis l'extérieur, l'officier qui l'examine repère trois trous ensanglantés. Les jeunes gens sont envoyés à l'hôpital Keiser, où Darlene est déclarée morte dès leur arrivée. En soins intensifs, sous calmants, Michael décrit tant bien que mal le meurtrier de son amie : « Il marchait lentement, la tête baissée. Il n'était pas bien grand, à peu près 1,72 mètre, mais très costaud. Il pesait entre 88 et 90 kilos, peut-être même plus. Il avait le visage rond, des cheveux courts et frisés brun clair, presque blonds, et avait entre 26 et 30 ans. Il portait un sweat ou un tee-shirt bleu. » Certes, l'homme tenait une lampe torche allumée, mais la nuit était noire, et Michael n'a malheureusement pas pu distinguer son visage. « Je pourrais le reconnaître si vous me montriez une photo de son profil. »

00 h 40. La police reçoit un appel anonyme.

« Je veux signaler un double meurtre. Si vous vous rendez à 1,6 kilomètre à l'est de la promenade Colombus, dans le parc public, vous trouverez les gosses dans une voiture marron. Au revoir. »

*

Au cours de ses recherches sur le Zodiac, Gary s'aperçoit que les enquêteurs s'étaient focalisés sur un lieu familier à son père. En 1969, les témoignages recueillis après le meurtre de Darlene Ferrin les mettent sur la piste de l'Avenue Theatre. Elle venait d'avoir une petite fille avec son second mari, ce qui ne l'empêchait pas de continuer à fréquenter d'autres hommes. Darlene aimait leur compagnie. Ils le lui rendaient bien, parfois à l'excès. Ce portrait rappelle à Gary celui de Gertrude, sa grand-mère paternelle, adultère au point de délaisser son fils. Interrogées par la police, les sœurs de Darlene, Linda et Pamela, mentionnent plusieurs hommes dans l'entourage de la jeune femme. Un ancien collègue la courtisait malgré ses refus successifs, allant jusqu'à se rendre chez elle sans la prévenir. Un autre avait appelé chez elle un soir, quelques mois avant son meurtre, alors que Pamela gardait sa fille. Quand sa sœur avait rapporté la conversation à Darlene, celle-ci avait balayé le sujet d'un péremptoire: «Je ne veux rien avoir à faire avec lui.» Il est aussi question d'un individu la suivant et la menaçant. Quand on interroge Linda, elle cite parmi les plus proches amis de sa sœur un dénommé «Lee». Il avait l'habitude de lui rapporter des cadeaux de Tijuana. Des années plus tard, Linda l'identifiera comme l'homme qui harcelait sa sœur.

Quand il est arrêté en 1963, Van utilise deux pseudonymes. Seul le prénom change, le nom de famille emprunté reste le même: «Lee». À quelques lettres près, ce patronyme pousse aussi Gary à s'intéresser à Arthur «Leigh» Allen, suspect de choix pendant des années. En 1961, ce dernier avait postulé à la prison d'Atascadero pour y enseigner, ce qu'il fera pendant deux étés. Par la suite, il avait dit aux enquêteurs qu'il s'y serait lié d'amitié avec un meurtrier. Dans son livre, Robert Graysmith rapporte qu'Allen avait confié à l'une de ses connaissances sur cet homme : « Il a sorti une liasse de papiers d'une boîte en métal gris [...]. Certaines pages étaient couvertes de symboles de codes ou de cryptogrammes. D'après lui, ces papiers appartenaient à quelqu'un qui avait été interné à Atasacadero pour des abus commis sur un mineur. » Dans l'agenda de Darlene, on retrouve aussi le nom « Vaughn », comme Robert Vaughn, l'organiste de l'Avenue Theatre.

Le 31 juillet 1969, les rédactions du *Vallejo Times-Herald*, du *San Francisco Chronicle* et du *San Francisco Examiner* sont secouées d'effroi. La levée du courrier leur a réservé un cauchemar. Dans une lettre envoyée aux trois rédactions, un homme revendique plusieurs meurtres, dont celui de Darlene Ferrin. Il y divulgue des informations que seul le tueur peut connaître. Il a aussi élaboré un cryptogramme de 408 caractères qu'il a divisé en trois parties. La première a été envoyée au *Vallejo Times-Herald*, la deuxième au *San Francisco Examiner* et la troisième au *San Francisco Chronicle*, auquel il précise que son identité est dissimulée dans le message codé. Si les journaux refusent de reproduire le cryptogramme en première page de leur édition du lendemain, cet homme menace de s'adonner à un « massacre » dans la nuit. Les directeurs des publications obtempèrent. Dans des articles publiés les 2 et 3 août, Jack E. Stiltz, le chef de la police de Vallejo, exhorte le tueur à donner davantage d'informations sur son identité. Il n'est pas convaincu de la culpabilité du mystérieux expéditeur. Le 4 août, l'homme s'exécute et envoie une nouvelle lettre au *San Francisco Chronicle* dans laquelle il fournit plus de détails sur les homicides qu'il revendique. C'est là qu'apparaît pour la première fois le nom qu'il s'est donné : « Cher rédac chef, c'est le Zodiac qui vous parle. » Le 8 août 1969, Donald Gene and Bettye June Harden, deux professeurs, décryptent le message 408. Il est bourré de fautes d'orthographe.

J'AIME TUÉ DES GENS PARCE QUE C'EST TELEMENT AMUSANT. C'EST PLUS AMUSANT QUE DE TUER DU GIBIER SAUVAGE DANS LA FORRÊT PARCE QUE L'HOMME EST L'ANIMAL LE PLUS DANGEREU DE TOUS. TUER EST L'EXPÉRIENCE LA PLUS EXITANTE C'EST ENCORE MIEUX QUE DE PRENDRE SON PIED AVEC UNE FILLE. MIEUX ENCORE, QUAN JE MOURRIRAI JE RENAITRAI AU PARADIS ET CEU QUE J'AI TUÉ DEVIENDRONT MES ESCLAVES. JE NE VOUS DONERAI PAS MON NOM PARCE QUE VOUS ESSAIEREZ DE ME RALANTIR OU D'ARÊTER MA COLLECTE D'ESCLAVES POUR MA VIE DANS L'AU-DELÀ.

Passé l'horreur, une phrase aux multiples références culturelles interpelle les enquêteurs. « L'homme est l'animal le plus dangereux de tous. » Elle leur évoque d'abord la nouvelle de Richard Connell intitulée « Le jeu le plus dangereux de tous » (*Les Chasses du comte*

Zaroff en français) publiée en 1924. Le héros, Sanger Reinsford, un célèbre chasseur de jaguars, s'échoue sur une île redoutée de tous les marins. Dans la jungle environnante, il finit par trouver une inquiétante forteresse, y pénètre et rencontre le maître des lieux : le général Zaroff, un étrange personnage. Sur sa vaste propriété, celui-ci organise des parties de chasse particulières : les balles de son fusil ne sont pas destinées aux animaux sauvages, mais aux hommes qui ont le malheur de poser le pied sur son île. Au prix d'une course effrénée pour sa survie, Reinsford finit par assassiner Zaroff. En 1932, la nouvelle est adaptée au cinéma dans un film éponyme. Il se trouve qu'en mai 1969, l'Avenue Theatre projetait le film dans sa salle obscure. Ajoutée à la présence du nom « Vaughn » dans l'agenda de Darlene, cette programmation interpelle la police. Sur place, ils font la connaissance du manager, qui fait rapidement office de suspect numéro un. Rick Marshall porte des lunettes, n'est pas très grand mais costaud, a le visage rond et les cheveux noirs. Autre détail non négligeable, que rappelle Robert Graysmith, l'amorce sur les bobines de film diffusées à l'Avenue Theatre était une croix inscrite dans un cercle. Le journaliste avait aussi appris que quelqu'un se chargeait au cinéma de modifier à la main les affiches qui annonçaient le programme. Celui-ci changeait constamment. Graysmith avait réussi à se procurer l'une de ces affiches pour les soumettre au graphologue qui avait travaillé sur l'affaire du Zodiac. « C'est ce que j'ai vu de plus proche de l'écriture du Zodiac jusqu'à présent», lui avait-il confié.

«L'homme est l'animal le plus dangereux de tous.» Cette assertion ramène aussi les enquêteurs dans le sillage d'Anton Lavey. La même année, le fondateur de l'Église de Satan a publié *La Bible satanique*, dans laquelle il expose ses préceptes, à commencer par les neuf représentations sataniques. Voici la septième: «Satan représente l'homme comme un autre animal, parfois meilleur, le plus souvent pire que ceux qui marchent à quatre pattes. À cause de son développement spirituel et intellectuel, il est devenu l'animal le plus vicieux de tous.» La police se rend chez Lavey pour l'interroger. Il est innocenté. Dans un documentaire de 1989 intitulé *Zodiac: les crimes du siècle*, le journaliste Paul Avery raconte que Lavey lui aurait fait part de ses doutes concernant l'un de ses fidèles, qu'il soupçonnait d'être le tueur du Zodiac. Ces informations s'associent dans l'esprit de Gary comme les pièces d'un puzzle au motif effrayant. «L'animal le plus dangereux de tous» n'est autre qu'une variation de la septième représentation satanique d'Anton Lavey, l'ami de son père. Par ailleurs, le 31 juillet 1969 est une date symbolique pour Van. Sept ans plus tôt, la police l'arrêtait et l'éloignait une dernière fois de Judy.

*

Deux mois plus tard, Cecelia Shepard se prélasse avec son ami Bryan Hartnell face au lac Berryessa, dans le comté de Napa, à plus de cent kilomètres au nord de San Francisco. À 20 ans, il poursuit ses études à l'université Pacific Union, non loin de là. De deux ans son aînée, Cecelia est à l'université de Californie, à Riverside, à près de 700 kilomètres au sud. Tous les deux sortent ensemble occasionnellement. En ce samedi d'automne, le temps est doux. La veille, la jeune femme a profité de la fermeture de son établissement pour faire le trajet depuis Riverside en voiture, et passer le week-end avec Bryan. Ils n'ont prévenu aucun de leurs amis de cette virée inopinée et ont choisi un coin reculé, à quelques mètres de la vaste étendue d'eau artificielle. Un jeu de cartes est négligemment jeté sur la couverture écossaise qu'ils ont déployée sur l'herbe. Le soleil se reflète dans les cheveux blonds de Cecelia et sur les verres des imposantes lunettes carrées de Bryan. Les heures s'écoulent doucement. Ils discutent. Lui est allongé sur le dos, les yeux plantés dans le ciel. Le buste de Cecelia repose sur le sien, son visage tourné vers le paysage. Le regard de la jeune femme, au ras des herbes folles, erre entre les troncs d'arbres quand une ombre l'accroche. L'espace d'une seconde, elle a cru apercevoir une forme derrière un arbre. Elle a un mauvais pressentiment. Ses craintes deviennent concrètes au moment où un homme, vêtu d'une tenue noire et effrayante, se rapproche. Apeurés, Cecelia et Bryan se lèvent. Une longue cagoule lui enserre le visage et descend jusqu'à sa taille. Des verres solaires sont clipsés sur ses lunettes. Il porte de solides chaussures et des gants. On ne peut rien distinguer dans cette masse obscure. Plus terrifiant encore, son ventre est barré de la signature du Zodiac, peinte en blanc.

L'homme se rapproche, un revolver à la main. Bryan remarque, accrochée à la lourde ceinture en cuir qui entoure sa taille, une gaine dans laquelle un long couteau a été glissé. « Je veux votre argent et vos clefs de voiture pour me rendre à Mexico, leur assène-t-il. Je suis un ancien détenu. Je n'ai plus rien à perdre. » Bryan lui jette les clés. Cecelia doit maintenant attacher les mains de son ami avec la corde que lui tend leur agresseur. La jeune femme s'exécute puis s'agenouille à côté de Bryan. L'autre lien est pour elle. Après lui avoir ligoté les poignets, l'homme la pousse sur l'herbe sèche pour pouvoir enserrer ses chevilles. Ses quatre membres maintenus ensemble, Cecelia ne peut plus bouger. Quelques secondes plus tard, Bryan se retrouve dans la même position. Elle gémit, il n'arrive pas à se taire. « Maintenant, je vais devoir vous poignarder, entendent-ils dans leur dos.

— Commencez par moi, s'interpose Bryan. Je ne supporterai pas de voir Cecelia se faire poignarder. » L'homme plonge six fois sa lame dans le dos du jeune homme. Il se tourne vers sa seconde victime, qu'il frappe de dix coups de couteau. Ce 27 septembre 1969, il est 18 h 15. Alertés par un homme qui a entendu des cris, les propriétaires d'une entreprise de location de bateaux conduisent le sergent William White sur les lieux. Ils remarquent d'abord Cecelia. Son long pull est couvert de sang. Elle est à quatre pattes et se balance lentement, au gré de la douleur. « C'était un homme avec une capuche, son visage était dissimulé, il portait un pantalon noir», parvient-elle à articuler. Les jeunes gens sont embarqués à bord d'une ambulance qui file, sirènes hurlantes, vers l'hôpital «Queen of the Valley».

Au même moment, le téléphone sonne dans les locaux de la police de Napa. À l'autre bout du fil, un homme à la voix lente et monotone :

«Je veux signaler un meurtre. Non, un double meurtre. Ils sont à trois kilomètres au nord du parc Headquarters. Ils étaient dans une Volkswagen Karmann Ghia blanche.

— Pouvez-vous m'indiquer l'endroit où vous vous trouvez ? demande l'opérateur.

— C'est moi qui les ai tués», répond l'homme, d'une voix de plus en plus lointaine, avant de raccrocher.

À l'hôpital, Ken Narlow et Richard Lonergan, les inspecteurs chargés de l'enquête, interrogent Bryan Hartnell. On lui a administré de puissants sédatifs. Il s'exprime difficilement, mais réussit à leur livrer une description de l'homme en noir : «Entre 20 et 30 ans, il portait un pantalon démodé à plis, habillé négligemment, le ventre tombant devant son pantalon, pas très intelligent mais pas idiot non plus, une voix uniforme et légèrement traînante.» La cagoule comportait une fente rectangulaire au niveau des yeux du tueur. Hartnell a distingué une mèche de cheveux marron. Deux jours plus tard, Cecelia Shepard meurt à l'hôpital des suites de ses blessures.

Sur la scène du crime, les enquêteurs retrouvent une empreinte de pas. Sur l'une des portières de la voiture de Bryan, une inscription attire leur attention. Quelqu'un y a gravé le signe du Zodiac et les mots :

Vallejo
20-12-68
4-7-69
27-9-69 – 18:30 au couteau.

*

J'ai demandé à Gary s'il avait réussi à joindre Bryan Hartnell et Michael Mageau. « Non. Les familles des victimes méritent qu'on les laisse tranquilles après toutes ces années. Quelques recherches sur Michael Mageau suffisent pour comprendre qu'il a eu une vie très difficile. Je crois qu'il ne s'en est jamais remis et qu'il se bat contre des problèmes d'addiction. Quant à Bryan Hartnell, il doit se sentir coupable d'avoir survécu. Par ailleurs, le Zodiac avait le visage caché au moment des faits. Quoi qu'il arrive, il ne peut l'identifier. Quand le livre est sorti, sa première déclaration au *San Francisco Chronicle* a été : "Tous les ans, quelqu'un se présente et remue une nouvelle fois le couteau dans la plaie." Il a discrédité mon histoire sans même l'avoir lue », avait conclu Gary.

Le 13 octobre 1969, le Zodiac envoie un nouveau courrier au *San Francisco Chronicle*. Il revendique le meurtre de Paul Stine, un étudiant en lettres qui était aussi chauffeur de taxi, et menace de s'attaquer à des enfants.

« Les écoliers sont de bonnes cibles. Je devrais anéantir un bus scolaire un de ces jours. Tirer sur la roue avant, puis abattre les enfants quand ils sortiront. »

Le véhicule dans le viseur du tueur évoque à Gary la rencontre de ses parents, quand Van avait vu Judy descendre de son bus.

Le 8 novembre, le journal reçoit une carte postale du tueur et un nouveau cryptogramme de 340 signes. Au comble du narcissisme, il demande une nouvelle fois qu'il soit publié.

« Je me sens terriblement seul quand je suis ignoré. Si seul que je pourrais refaire mon Truc. »

Nouvelle lettre le lendemain. Elle est beaucoup plus longue que les autres et, si c'est possible, encore plus menaçante. Le Zodiac nargue la police et explique dans les moindres détails la façon dont il a construit une bombe qui lui permettra de « collecter [s]es esclaves ». Il a joint un schéma de ce qu'il appelle sa « machine de mort ». Le cube de bois que William lui avait montré émerge de la mémoire de Gary. Au cours des huit mois suivants, le Zodiac postera trois lettres. Il demande plusieurs fois aux policiers de porter des pin's à l'image de sa signature. Le chantage est immuable : s'ils ne s'exécutent pas, des gens mourront.

Dans le courrier qu'il envoie au *San Francisco Chronicle* le 26 juillet 1970, le Zodiac revendique treize meurtres. Il compare à nouveau ses victimes à des esclaves. « Si vous ne portez pas de pin's Zodiac, je devrai torturer les treize esclaves qui m'attendent au Paradis. J'en attacherai certains à une colline et les regarderai crier, se convulser et se contorsionner. » À la lecture de ce programme aux allures sadiennes, la petite boîte de bois se matérialise à nouveau dans l'esprit de Gary. À la ligne suivante, il retient son souffle. Le tueur a repris presque mot pour mot les paroles de la célèbre chanson « J'ai une petite liste », de l'opéra *The Mikado*, que Van aimait tant. Koko, un tailleur condamné à mort après avoir été surpris en train de flirter, se voit soudainement élu bourreau en chef par les habitants de la ville. L'empereur lui écrit en personne : s'il n'exécute pas quelqu'un avant la fin du mois, la ville sera rétrogradée au statut de village. Koko rédige donc une « petite liste » de ceux et celles qu'il pourrait abattre.

Trois mois plus tard, une carte postale arrive au *San Francisco Chronicle*. Contrairement aux autres, l'enveloppe est adressée à un journaliste de la rédaction : Paul Avery. Comme à son habitude, le tueur écorche les mots et le reporter se voit renommer « Averly ». Depuis les premiers meurtres du Zodiac, c'est lui qui est chargé de l'affaire pour le quotidien. Huit ans plus tôt, Avery écrivait pour le *San Francisco Chronicle* la série d'articles sur Van et Judy, alors âgée de 14 ans, après avoir rencontré Van au tribunal. Il s'achète un revolver. La carte sera reproduite en première page du journal le lendemain matin.

Gary continue d'établir des coïncidences entre la vie

de son père et les exactions du Zodiac. Si Van a bien écrit ces lettres, son nom doit se cacher dans les différents cryptogrammes joints aux courriers. Le Zodiac en a envoyé quatre : ceux de 408 et 340 caractères et deux derniers, succincts, de 13 et 32 signes, adressés au *San Francisco Chronicle* en avril et mai 1970. Le souffle court, Gary se plonge dans le message codé composé de treize caractères. Le tueur avait indiqué que son nom s'y cachait. Gary écrit le nom de son père in extenso : Earl Van Best Jr. Treize lettres. Il reprend alors le cryptogramme 408, le seul à avoir été décrypté. Le nom du Zodiac s'y cachait aussi, comme il l'avait précisé dans son courrier destiné au *San Francisco Chronicle*. Gary assemble les trois parties et, dans celle qu'avait reçue le *San Francisco Examiner*, repère huit lettres familières. « EV » pour Earl Van, « BEST », mis au jour par le couple de professeurs, et enfin « JR », pour junior. « ADN ou pas, j'avais enfin un élément tangible qui prouvait que mon père était le tueur du Zodiac », écrit Gary.

6

Procès-verbaux et Lexomil

Je passe l'été 2007 loin de chez moi, avec une amie, à Menet. Sa famille est connue comme le loup blanc dans cette minuscule commune du Cantal, où elle possède plusieurs petites maisons en pierre. Les deux sœurs de Camille ont une vingtaine d'années. Avec cinq camarades, l'aînée a fondé Le Sémaphore, une troupe de théâtre. Ils préparent la mise en scène de *Faut pas payer*, une pièce de Dario Fo. Je découvre avec émotion cet auteur italien, dont les textes ont depuis une saveur particulière, à mi-chemin entre la nostalgie et le bonheur. Nous sommes nombreux. Tout le monde se connaît. Ces jeunes adultes sont libres. Ils ne s'embarrassent de rien, si ce n'est de leurs désirs. Les couples se font et se défont.

Le centre du village et ses rues, que j'avais oubliées, se matérialisent sur Google Maps. À l'époque, j'aurais pu les parcourir les yeux bandés tant elles nous étaient familières. Notamment à l'aube, quand nous nous faufilions incognito jusqu'à la porte arrière de la boulangerie pour acheter les premières viennoiseries de la journée, tout juste sorties du four. Nous les engloutissions sur le chemin, les mains grasses, dégoulinantes de chocolat, avant de rejoindre la chambre sous les toits que nous occupions dans l'une des maisons, avec Camille et deux autres amies venues de Paris. Je ne sais plus comment nous dormions, certainement à plusieurs dans le même lit. Les après-midi avaient la même saveur. Entre deux fous rires, nous nous jetions dans le lac en hurlant depuis le ponton pour échapper au soleil qui nous brûlait la peau. Puis nous buvions bières et pastis sur le parvis où le seul bar du coin avait pris place. Nous occupions à nous seuls les quelques tables en plastique vert, dont les pieds s'enfonçaient entre les pavés, provoquant de cocasses accidents, amusant ainsi les habitués, que Camille et sa famille connaissaient.

Je cherchais mon père partout et lui écrivais tous les jours. Sur le carnet qui lui était consacré, j'avais noté au feutre noir cette phrase extraite d'*Incendies*, de Wajdi Mouawad : « Je voudrais déterrer les mots à défaut de ressusciter les morts. » Exhumés, ceux qui lui étaient destinés étaient pétris de rancœur. D'une ligne à l'autre, l'amour laissait place à la haine. Je lui en voulais d'être parti, cette fois sans billet de retour. Ces vacances à Menet restent pourtant les plus joyeuses que j'aie vécues. J'avais ravalé mon chagrin, saisie par l'incompréhension. Je disais à qui voulait l'entendre que mon père s'était noyé il y a deux mois. Je devais m'effondrer et n'y arrivais pas. Quitter Menet à l'approche du mois de septembre a été un déchirement. Je m'étais orientée vers une prépa littéraire sans trop savoir pourquoi. Je l'ai regretté très vite. Nous survolions un nombre de sujets incalculable et enchaînions les devoirs de plus de six heures. Les livres s'entassaient dans ma chambre studieuse. Je décrochais rarement la moyenne. Sur mes copies de littérature s'étalaient des commentaires interminables, soulignés quatre fois en rouge, dépourvus d'encouragement.

Pendant un an, je me suis éloignée de mes proches, consacrant le peu de temps qu'il me restait aux amitiés nouées en prépa. Depuis, j'ai rarement revu ceux qui ont fait partie de mon quotidien cette année-là. Au mois de juin, l'équipe pédagogique nous a réunis pour annoncer qui passerait en deuxième année. Quand j'ai entendu que je n'étais pas admise, j'ai fondu en larmes. L'humiliation a atteint des sommets quand ma professeure de littérature – elle ne pouvait pas m'encadrer et je le lui rendais bien – m'a expliqué que la khâgne serait trop dure psychologiquement. Je venais de perdre mon père, « ce n'était pas raisonnable de me lancer dans une année aussi difficile ». Au cœur de l'été, j'ai été admise en khâgne dans un autre établissement. Fin août 2008, j'annonçais à ma famille que je n'irais pas. Je m'étais inscrite en histoire à la Sorbonne. À la même période, j'achevais mon carnet en adressant ces mots à mon père : « Des bribes de souvenirs me tiraillent et me gênent. Je n'en veux plus. Je vais devoir oublier une partie de notre passé pour un moment. Ne m'en veux pas. »

J'avais voulu le faire disparaître, mais il a refait surface au début de l'année 2009. Je venais d'avoir 20 ans. La succession s'annonçait compliquée et n'avait pas avancé d'un iota. Amélie voulait rester dans l'appartement qu'elle occupait avec mon père et faire jouer son droit au viager, auquel elle ne pouvait prétendre. Comme il faisait toujours les choses bien, mon père s'était marié sans établir de contrat de mariage, sous le bien de la communauté réduite aux acquêts. Cette dénomination dénuée de charme aurait dû le mettre en garde. Sous ce régime, l'héritage d'Amélie se composait de la moitié des biens qu'elle avait acquis avec lui depuis leur mariage. L'autre moitié et ceux que détenaient mon père avant leur union, dont l'appartement faisait partie, constituaient la succession qui me revenait. Comme le veut la loi, Amélie avait droit à un quart de cette part, mais ne pouvait prétendre au droit au viager. Quoi qu'il arrive, je finissais lésée.

C'est par l'intermédiaire d'un de mes oncles que j'ai rencontré mon avocate, Me E. La procédure a duré cinq ans. J'ai gardé pendant plus de dix ans les piles de documents accumulées à l'air libre et me suis résolue à les ranger dans deux grands classeurs, il y a quelques semaines.

En février 2009, l'un des premiers courriers qu'elle m'envoie me met en déroute. C'est un mail de la greffière en chef du tribunal de grande instance de A. Elle signale que « les procès-verbaux de police indiquaient que Mme Amélie GAUTHIER, bien qu'en instance de divorce, habitait 10, rue D. à A., à la même adresse que M. Joseph GAUTHIER». Aucun scellé n'a donc été apposé sur l'appartement. D'après ce que j'avais compris, Amélie en était partie. Un mois plus tard, mon avocate se déplace dans le Sud pour récupérer le sac à dos bleu dont mon père ne se séparait plus. On l'avait retrouvé sur la plage après l'avoir secouru. L'objet, lui, n'avait pas échappé aux scellés. Une fois chez moi, je m'empresse de télécharger le contenu de l'appareil photo que j'y découvre. Condensées en 642 clichés, les deux dernières années de l'existence de mon père défilent sous mes yeux. Son voyage aux Baléares avec Amélie, des après-midi à la plage du Casino avec les cousins d'Amélie, des expositions d'art contemporain parcourues avec Amélie. J'apparais sur quelques séries. Les trois dernières photos datent du 19 et du 29 mai 2007. Sur la première, un grand camion blanc garé dans la rue de mon père occupe tout le cliché. Puis la plaque d'immatriculation du véhicule dévore l'écran de mon ordinateur. Je n'ai aucune idée de ce à quoi correspondent ces photos. La dernière, celle du 29 mai, a été prise à 5 h 20 du matin dans le studio de Lucie et Hubert. Elle est très sombre. Parée de rideaux blancs opaques, la fenêtre en est l'élément central. Sur la droite, on distingue un canapé vert, en face, un repose-pied en bois. Il fait partie des rares meubles que j'ai récupérés. Sans intérêt, cette photo incarne la tristesse. Le lendemain, mon père se noyait.

Dans le sac se trouve aussi un grand agenda. Rien d'intéressant n'y est écrit. En vrac à côté, le chéquier de mon père, son trousseau de clefs, ses lunettes cassées, un carnet orange dans lequel il collait les étiquettes d'hospitalisation de ses patients pour s'y retrouver, un porte-cartes noir, et trois pochettes en plastique de l'hôpital qui renferment divers documents, parmi lesquels deux bouts de papier déchirés qui attirent mon attention. Sur l'un d'entre eux, le numéro d'une plaque d'immatriculation. Ce n'est pas la même que celle du camion blanc. Le second est une photo déchirée où j'apparais. En bas à droite, je remarque un bout de chaussure d'Amélie. Une autre pochette contient le passeport de mon père, une vieille carte postale que je lui avais écrite, mon dernier bulletin de notes de terminale, et deux photos de moi. Je me jette ensuite sur son téléphone portable. J'espère y retrouver des messages, des photos, peut-être des vidéos, et consulter l'historique des appels. Comme il fallait s'y attendre, la carte Sim a été retirée. Je range la plupart du contenu du sac dans une boîte en bois fermée à clef que j'ai toujours. Je n'ai pas jeté les emballages plastique dans lesquels l'hôpital avait placé les affaires de mon père. De ce que j'ai récupéré, j'ai tout gardé intact.

Un document crucial me parvient quelques semaines plus tard. Comme tous les jours, ma mère remonte le courrier et égrène les enveloppes avant de les poser sur la commode de l'entrée. Comme tous les jours depuis le début de l'année, plusieurs me sont destinées. L'expéditrice est la même, mon avocate. Je m'enferme dans ma chambre où des posters de films jouxtent des pages de journaux déchirées, m'installe à mon bureau gravé au cutter en plusieurs endroits et attrape mon coupe-papier, une épée miniature fabriquée à Tolède. Je déchire délicatement le rabat de la grande enveloppe kraft qui a retenu mon attention. Lors de notre dernier rendez-vous, Me E. m'a appris que l'avocate de mon père lui avait envoyé le dossier transmis par la police. Page après page, je prends conscience de la situation dramatique dans laquelle il se trouvait.

Le premier document n'a rien à voir avec la disparition de mon père. C'est une plainte qu'il a déposée le 3 avril 2007 pour « violences volontaires en réunion avec arme ». Ce soir-là, depuis son balcon, il voit deux hommes ivres semer la zizanie dans sa rue. Ils agressent des passants et défoncent à coups de pied les devantures. « Je me suis dit qu'il fallait que j'intervienne, indique-t-il au policier. J'ai appelé la police pour leur dire ce qui se passait. Puis, comme je ne suis pas très costaud, j'ai pris avec moi la batte de baseball que j'avais dans mon appartement. » Les deux hommes la lui ont arrachée avant de le rouer de coups au sol. Mon père a réussi à s'échapper et à regagner son appartement avant que n'arrive la police. Cet événement décrit bien les situations dans lesquelles il pouvait se fourrer. Confronté à la détresse de l'un ou à la malveillance de l'autre, il intervenait malgré les risques. Il travaillait beaucoup en pédiatrie et prenait son métier très à cœur.

Tous les éléments restants ne concernent qu'une courte période. À la fin du mois d'avril 2007, mon père fait appel à une huissière pour prouver que sa femme n'occupe plus le domicile conjugal. Il fait dresser plusieurs procès-verbaux de constat, tous réunis ici. Le 26, l'huissière se rend chez mon père, tard dans la soirée. Il lui détaille la situation : « Mon épouse, à partir de la fin mars 2007, a commencé à rentrer aux alentours de 6 heures du matin. Aujourd'hui, elle passe dans la journée prendre quelques effets vestimentaires et ne dort plus du tout au domicile conjugal. Ce jour, en rentrant, j'ai constaté son passage par l'abondance, dans différentes pièces de la maison, de canettes de Coca, de peaux de banane, ainsi que de mégots de cigarette écrasés dans des bougies. J'ai également constaté que différents objets mobiliers avaient disparu. » Mon père veut que l'huissière dresse une liste des biens auxquels il tient, surtout des tableaux et des sculptures. Les 27 et 28 avril, puis les 1er et 5 mai, elle constate à nouveau l'absence d'Amélie au domicile conjugal, tard dans la nuit. Le 5, elle indique qu'il manque environ 60 % des vêtements qu'elle avait vus rangés dans le dressing. Divers objets ont également disparu, dont un ordinateur portable, un écran plat, une borne Numericable, une imprimante. Le 17, c'est au tour de l'écran de la télévision du salon, du four à micro-ondes, de l'argenterie et de la cage des tourterelles de se volatiliser. L'huissière précise : « L'atelier de peinture, la cuisine ainsi que le dressing sont sens dessus dessous. [...] J'ai constaté que ces pièces semblent avoir été fouillées, renversées, retournées, tous les objets jonchent le sol. » Par ailleurs, il n'y a plus aucun effet féminin dans le dressing. Et plus aucun effet de toilette dans la salle de bains.

Ce jour-là, mon père souhaite que l'huissière consigne les nombreux messages vocaux qu'il a reçus. Tous proviennent d'un numéro masqué et émanent d'une personne de sexe féminin. Entre le 6 et le 17 mai, il en a reçu quatorze. Un seul a été laissé par un homme, comme le précise le procès-verbal, le 6 mai, à 22 h 35. Il retient mon attention : « Juste pour savoir si tu étais pas mort, Joseph. Je te souhaite le bien. » C'est probablement la voix d'Amélie qu'on entend dans les autres. Elle souhaite parler à mon père, puis, le 10 mai, lui dit qu'elle l'aime, qu'elle a fait une « connerie ». Les jours suivants, elle lui réclame de l'argent. Dans le dernier message, son impatience est patente : « C'est encore moi. C'est pour savoir si tu dormais tranquille sachant que je suis dehors avec ce que tu gagnes par mois. Soi-disant tu te fais prêter de l'argent. [...] Je ne fais pas la prostituée, je ne fais rien, donc c'est un peu dommage d'en arriver là. » Je suis abasourdie. Je ne connaissais jusque-là aucun de ces détails.

Le 24 mai, l'huissière se rend à nouveau chez lui. Le ton change. « Dès l'ouverture de la porte d'entrée, j'ai constaté que l'appartement semble avoir été cambriolé. En effet, de très nombreux objets jonchent le sol ainsi que des mégots de cigarette, etc. » Treize photographies accompagnent ses déclarations. Photocopiées, en noir et blanc, elles sont difficiles à lire. Mais le chaos qui règne dans l'appartement ne fait pas de doute. Les tringles du dressing sont vides, à l'exception d'une ceinture et d'une veste, des affaires en vrac recouvrent le sol. Sur l'étagère moderne du salon, je reconnais une lanterne lumineuse, qui se trouve normalement à côté de mon lit. Le globe en verre d'une des lampes que mon père aimait tant a été cassé. La chambre est sens dessus dessous. Par endroits, des amas de vêtements, serviettes et objets en tout genre ont été entassés, des meubles déplacés. L'atelier d'Amélie a été retourné. Tout l'électroménager a disparu et la table de la cuisine est recouverte de vaisselle. À l'arrière-plan, on distingue les plantes de mon père, sursaut de vie dans le néant. Le procès-verbal se termine avec cette remarque: « Il convient de préciser que ce jour, M. Gauthier paraît très affecté des conditions dans lesquelles son appartement a été "sauvagement" pillé. » Une semaine après, le jour de sa noyade, il dépose au tribunal de grande instance de A. une requête à fin de divorce.

La page suivante, j'entre dans le dur. Le procès-verbal dressé par deux policiers date du 30 mai 2007 à 17 h 55. Dans la marge, la nature de l'affaire est précisée: « Victime: GAUTHIER Joseph. Découverte d'une personne noyée (non décédée). » Le PV tient sur deux pages. Quand la police arrive sur les lieux, des sapeurs-pompiers et une équipe du Samu sont en train de prodiguer un massage cardiaque à mon père. Deux employés de la plage du Casino se présentent à eux. Un peu plus tôt, ils ont vu un « corps flotter au niveau de la première borne jaune ». Il leur a fallu vingt minutes pour le ramener sur la plage et appeler les services de secours. L'un des deux hommes connaissait bien mon père, un habitué. Il savait qu'il « avait des problèmes avec son épouse avec laquelle il était en instance de divorce », précise-t-il aux policiers. À côté du matelas que mon père avait loué, les policiers retrouvent une bouteille de rosé de 37,5 centilitres, vide. Dans son sac à dos bleu, ils découvrent des antidépresseurs et un médicament d'aide au maintien de l'abstinence alcoolique. Vingt-cinq comprimés de la première boîte manquent, huit de la seconde. Une jeune femme occupait le matelas derrière le sien. Elle a assisté au sauvetage et précise au policier « avoir discuté avec [mon père] sans percevoir d'inquiétude apparente ». À 18 h 30, la médecin du Samu leur indique que le cœur de mon père est reparti, mais que lui est toujours inconscient. À 18 h 50, il est conduit à l'hôpital.

Le procès-verbal suivant a été dressé le 2 juin à 9 h 05 par le commandant Bénédicte R. Dans la marge, il ne s'agit plus de la découverte d'une personne noyée, mais d'une « tentative de suicide », conclusion bien hâtive à mon goût. La police a contacté l'hôpital A., où est soigné mon père. « Notre interlocuteur nous informe que le pronostic vital concernant M. Joseph Gauthier est toujours engagé et que son état est jugé très grave », précise le commandant. Nouveau procès-verbal deux heures et demie plus tard. Le substitut du procureur au tribunal de grande instance de A. demande une réquisition judiciaire aux fins de recherche de produits psychotropes, cannabis, tranquillisants ou autres toxiques dans l'organisme de mon père. La réquisition est agrafée. À la fin, le commandant R. précise attendre « dans les meilleurs délais un rapport détaillé de l'ensemble de ces analyses ». Dans l'après-midi, elle interroge la jeune femme qui se trouvait sur la plage du Casino. Elle était en train de se disputer au téléphone avec son petit ami à cause d'un problème d'argent. Au bout d'un moment, mon père, qu'elle avait vu consommer une demi-bouteille de vin, l'a regardée « d'un air très triste, visiblement il n'allait pas bien du tout ». Il lui a tendu 400 euros en lui disant : « Je vous comprends, je traverse la même chose en ce moment. Si vous voulez, prenez ça. On parlera de tout ça après. » Une fois sa conversation finie un peu plus loin, la jeune femme est revenue. Mon père n'était plus sur son matelas. Elle a compris qu'il avait eu un problème quand les secours sont arrivés. « Comme je vous l'ai dit, il avait vraiment l'air triste, ça ne m'étonnerait pas qu'il ait voulu se suicider », conclut-elle. Trois jours plus tôt, elle déclarait ne pas avoir perçu d'inquiétude apparente après avoir échangé avec lui.

7 juin 2007, 17 heures, le commandant R. dresse un procès-verbal.

Ce jour à date et heure du présent recevons un appel téléphonique du service de réanimation de l'hôpital de A., nous informant que le nommé GAUTHIER Joseph est décédé des suites de son coma, à 16 h 15.

Dans la marge, la tentative a payé, il s'agit maintenant d'un suicide.

Le lendemain, à 9 heures, le commandant établit une réquisition à l'intention du médecin légiste pour que la victime soit examinée dans le cadre de l'enquête. Elle est annexée au procès-verbal. Il y est écrit que mon père s'est mis à l'eau « après avoir absorbé de l'alcool et des médicaments ». Un détail me chiffonne. Mon père a bu une demi-bouteille de vin, mais, sans les résultats des analyses demandées par le substitut du procureur, on ne peut dire formellement s'il a ingéré les comprimés manquants au même moment. Quelques heures plus tard ce même jour, le médecin légiste envoie son rapport au commandant R. Sa concision est déconcertante. À aucun moment il n'est question de résultats toxicologiques. À côté des antécédents, il est écrit « dépressif ++ ». La ligne du dessous concerne les commémoratifs, soit l'ensemble des données générales concernant le malade : « Découvert flottant entre deux eaux. Plusieurs minutes en arrêt cardio-respiratoire. Réanimation sur place puis réanimation à l'hôpital. » La section « traces traumatiques » m'échappe. Les causes de la mort n'apparaissent pas clairement. « Noyade et submersion non mortelle. Hypothermie à 33 °C. Syndrome de détresse respiratoire. État de grand mal épileptique. Insuffisance respiratoire aiguë. » L'état de mal épileptique engage le pronostic vital du patient. Il se caractérise par une crise d'épilepsie anormalement longue. Les conclusions du médecin sont, elles, limpides : il s'agit d'une mort violente qui nécessite de pratiquer une autopsie. Le certificat de décès est joint au rapport.

Le reste du dossier remis par la police à mon avocate est constitué de treize procès-verbaux. Beaucoup sont des témoignages. Le 8 juin, le commandant R. entend Lucie et Charles, un autre ami de mon père, le psychiatre qu'il avait fini par consulter, et Victoire, l'une de mes tantes. Le mot « suicide » figure en marge de toutes les pages. Charles est chirurgien. Mon père a commencé à travailler avec lui dès qu'il s'est installé sur la Côte d'Azur. Puis ils sont devenus amis. Dans la bouche de Charles, les éloges affluent : « Joseph était quelqu'un de gentil, serviable, équilibré, très compétent et dévoué dans son travail » ; « Au niveau professionnel, je peux vous dire qu'il était exceptionnel ». Selon lui, et comme le disent les amis de mon père entendus pour cette affaire, tout a basculé à la fin du mois de mars. Mon père lui a confié une anecdote parlante : un jour, il est sorti dans le centre-ville avec Amélie, où elle est tombée sur « deux anciennes relations », avec lesquelles elle a repris contact par la suite. Puis la situation s'est dégradée. « J'ai vu Joseph maigrir, blanchir, devenir désordonné et très fragile. À mon sens, il était dépressif. » Un dimanche matin, il arrive à la clinique avec une valise contenant ses affaires. « Il disait qu'il ne pouvait plus vivre chez lui et qu'il se sentait persécuté, traqué et trahi à la fois. » Malgré son état, mon père continue d'exercer sa profession d'anesthésiste-réanimateur avec rigueur. Le jour de l'accident, Charles l'appelle à plusieurs reprises. Mon père devait passer au bloc opératoire. « Je ne considérais pas Joseph comme quelqu'un de suicidaire. Pour moi, il était dépressif réactionnel, mais j'étais certain qu'il finirait par recouvrer ses esprits.

Jamais je n'imagine que Joseph puisse mettre fin à ses jours. »

Le témoignage de Lucie est long et détaillé. Il reprend la chronologie des événements depuis le mois de mars 2007. Ils commencent à m'être familiers : la décision de divorcer, l'appartement qui se vide, le studio. Certains passages sont particulièrement éprouvants : « À plusieurs reprises, il m'a fait comprendre qu'il en avait marre de la vie, il me disait : "JE TIENS POUR MANON." » Cette phrase est la seule à être écrite en majuscules. Avant de signer le procès-verbal, Lucie indique les coordonnées du psychiatre que mon père avait vu à trois reprises. Deux heures plus tard, par téléphone, le Dr S. explique au commandant qu'il était « limite, dans le jargon médical ». Il avait un comportement « un peu adolescent de quelqu'un qui se brûle les ailes ». Là-dessus, je veux bien le croire. Le jour de la noyade, il l'avait appelé pour prendre rendez-vous avec lui. D'après le psychiatre, mon père ne manifestait pas l'intention de passer à l'acte. « Il se référait toujours à sa fille qu'il adorait. » Il évoquait aussi beaucoup son métier qu'il « affectionnait particulièrement ». Dans la foulée, Bénédicte R. appelle ma tante Victoire, que je connais mal. Elle aussi lui parle de la dépression de mon père. Il leur avait demandé, à elle et à Alice, de l'appeler tous les jours parce qu'il se sentait menacé. Victoire savait qu'il s'était mis à boire, mais mettait cette « alcoolisation récente » sur le compte de son divorce. Pour elle, la noyade est « davantage accidentelle que suicidaire ».

Le 13 juin, le médecin légiste délivre un procès-verbal qui autorise l'inhumation. J'ai beau chercher dans le reste des documents, je ne trouve ni l'autopsie ni les analyses toxicologiques. En majuscules et en gras à la fin du PV, il est écrit : MORT VIOLENTE NOYADE. Le 30, le commandant R. rédige un nouveau procès-verbal. La police s'apprête à détruire les vêtements et affaires retrouvés sur mon père. Son tee-shirt gris clair « objectif Tintin » fait partie du lot. Il l'adorait. J'aurais donné cher pour récupérer ce bout de tissu. Sur la liste figurent aussi les boîtes de médicaments découvertes dans son sac. Le Seroplex, antidépresseur évoqué dès la prise en charge de mon père sur la plage, y figure bien. En revanche, il n'est plus question des comprimés utilisés pour l'aide au maintien de l'abstinence alcoolique, en l'occurrence de l'Aotal, mais d'Arestal, un antidiarrhéique. Simple inattention de la part du commandant R. ? Par ailleurs, une nouvelle molécule entre dans la danse. Alors qu'il n'en avait encore jamais été question, une boîte de Lexomil est mentionnée. Le même jour, le commandant dresse le dernier procès-verbal de l'affaire du « suicide de Joseph Gauthier ». Après un mois d'enquête, Bénédicte R. clôt la procédure et la transmet au tribunal de grande instance de A.

Je m'empare alors des trois feuilles que j'ai soigneusement mises à part. Elles correspondent aux déclarations d'Amélie, entendue par le commandant R. le 10 juin. J'espère obtenir des informations sur ses deux « anciennes relations », signalées par Charles. Amélie évoque dès les premières lignes la demande de divorce, qu'elle met sur le compte du comportement de mon père. Elle déclare : « Mon mari me faisait des violences morales, me harcelant au téléphone et me poursuivant avec un marteau à notre domicile. » Je ne veux pas y croire. Quelques lignes plus bas, mon attention s'accroît : « Je connais Marc V. et Gaspard O., ce sont des copains à moi. » Je ne vais pas plus loin et allume mon ordinateur. J'entre les deux noms, l'un après l'autre, dans Google. Le premier résultat est un article en date du 15 mars 1997. Le chapeau est édifiant. « Pour draguer et voler des hommes, Marc V. les droguait avec un puissant sédatif. Deux en sont morts. » Concernant Gaspard, je trouve un article de la même teneur, publié sur le site d'un journal local : « Drogue du violeur : Gaspard O. condamné à deux ans ferme. » Il date du 20 juillet 2009. Mettre la main sur les analyses toxicologiques diligentées par le parquet de A. me paraît à présent indispensable. Si la mort de mon père n'était ni un accident ni un suicide ? Il n'a fallu au doute qu'une seconde pour qu'il prenne racine et s'insinue partout, ne me laissant aucun répit. Il m'a fallu de longs mois pour réaliser que, de l'autre côté de l'Atlantique, mon interlocuteur s'était perdu depuis longtemps dans la même impasse.

7

Preuves et coïncidences

Les résultats de la comparaison ADN tant attendus par Gary n'arrivent pas. C'est pourtant la pièce finale du puzzle, celle qui pourra confirmer l'hypothèse qui le hante. Gary ne se laisse pas abattre et continue son enquête. Alors qu'il épluche les rapports de police dressés après les meurtres du Zodiac sur le site de Tom Voigt, il tombe sur un document déterminant. La lettre d'un ancien enquêteur de la police de San Francisco, Michael Maloney, postée deux ans auparavant, en novembre 2005. Maloney et son partenaire Kelly Carroll ont repris l'affaire en 2000. C'est sous leur autorité que la scientifique Cydne Holt avait réussi à dégager en 2002 un ADN partiel grâce au timbre d'une enveloppe envoyée par le Zodiac. Maloney et Carroll ont été remerciés quand l'enquête menée à San Francisco a été close en avril 2004.

Dans sa lettre, l'ancien inspecteur incrimine directement John Hennessey. « L'affaire du Zodiac ne sera pas résolue tant que l'actuel chef des homicides à la police de San Francisco ne sera pas transféré », commence Maloney. Il évoque d'emblée une personnalité envahissante. John Hennessey n'aurait pas supporté l'attention accordée à Maloney et à Carroll dans les médias. Après avoir ordonné la fermeture de l'enquête, il aurait même interdit à Kelly Carroll, transféré au service des mineurs, de s'exprimer à ce propos publiquement. Dans un article paru en 2007, un journaliste indépendant raconte que Carroll aurait refusé de répondre à ses questions d'une phrase laconique : « Conformément aux instructions de la direction, il est défendu à l'officier Carroll de s'exprimer à ce sujet avec les médias. »

Maloney va plus loin et affirme que Hennessey a choisi de clore l'affaire alors même que lui et son coéquipier avaient mis au jour de nouveaux éléments. Première percée inespérée en trente ans. Gary n'en revient pas. Son ADN ne croupirait-il pas dans un tiroir, enfoui sous une pile de documents ? Pourquoi Hennessey l'aurait-il aidé ? Harold Butler et Earl Sanders, mis au courant par Judy des intentions de son fils, lui auraient-ils intimé l'ordre d'arrêter ? C'est à cette hypothèse que choisit de se fier Gary. Lors de son déplacement suivant sur la côte Ouest, il contacte la police de San Francisco. « Le lieutenant a pris sa retraite », lui dit-on. Gary appelle le policier sur son numéro personnel. Pas de réponse. Il attend quelques semaines avant de lui envoyer un mail. Puis quelques autres avant de le relancer. Il n'aura jamais plus de nouvelles. Un jour qu'il cherche à contacter Michael

Maloney, il apprend qu'une crise cardiaque l'a emporté quelques mois plus tôt.

En 2008, le message qu'il avait laissé sur le site Horry County Historical Society's donne encore du nouveau. Gary reçoit un mail d'un certain Robert Armstrong, qui se présente comme l'exécuteur testamentaire de son grand-père paternel. Il se souvient que ce dernier avait un fils alcoolique. « Apparemment, il est mort à Mexico, où il est enterré. » Coup de grâce. Quand il apprend la nouvelle à Judy, sa mère est prise d'un rire nerveux. Gary est décontenancé. Par l'intermédiaire du Département d'État américain, il met quelques mois plus tard la main sur le certificat de décès de son père. D'après le document, Van est mort à l'Hôtel Corinto de Mexico, le 20 mai 1984. Les causes de la mort : « Asphyxie par blocage des principales voies respiratoires par de la matière gastrique. » Après avoir bu seul plus que de raison, Van s'est étouffé dans son vomi. Il avait 50 ans. Le certificat de décès indique qu'il a été enterré au cimetière San Lorenzo Tezonco. Gary prend un billet d'avion pour le Mexique et se rend sur la tombe de son père, dans un quartier déshérité de Mexico. Recouverte d'herbes folles, la sépulture ne comporte aucune plaque. Gary reviendra une seule fois, avec son fils.

Les années passent sans qu'il puisse mettre la main sur son extrait de naissance. Son enquête est au point mort. Gary continue pourtant de raconter son histoire et celle de son père autour de lui. À ses amis surtout, qui lui suggèrent d'en faire un livre. Quatre ans après avoir appris la mort de son père, il fait une nouvelle rencontre capitale. En mars 2012, par l'entremise d'un ami éditeur, Gary fait la connaissance de Susan Mustafa, une journaliste d'investigation chevronnée. Le premier coup de fil entre ceux qui formeront bientôt un tandem solide est plutôt froid. Susan n'est pas née de la dernière pluie. Des hommes et des femmes qui ont un jour vu en un oncle ou un grand-père le tueur du Zodiac, elle en a vu passer. Alors, quand Gary en vient à cette partie de son récit, elle ne peut cacher son scepticisme. « Je vais devoir jeter un œil aux preuves que vous avancez. Je ne souhaite pas mettre ma réputation en jeu, à moins que je croie en ce que j'écris », tranche l'autrice. C'est chose faite quelques jours plus tard. Et un après-midi, dans un café de Baton Rouge, elle accepte d'aider Gary à écrire son livre.

Après le chef des homicides de la police de San Francisco, c'est à présent une journaliste d'investigation qui est prête à le suivre. En 2012, Susan Mustafa, qui se présente comme spécialiste des tueurs en série, a coécrit deux livres, signé un nombre incalculable d'articles et fait plusieurs apparitions dans des documentaires télévisés. Elle va mener la danse des dernières investigations de Gary, après avoir repris toutes les informations qu'il a mises au jour. S'ils publient un livre, il faut qu'ils soient en mesure d'avancer des preuves. Un faisceau de coïncidences ne suffira pas. Le concret doit l'emporter sur l'hypothétique. Première étape : mener à bien la démarche initiée il y a maintenant sept ans et réussir à comparer l'ADN de Gary à celui du Zodiac. En plus de l'expérience, Susan a ce que Gary ne détient pas, un réseau. Elle appelle vite Georges Schiro, un expert en criminalistique du laboratoire médico-légal d'Acadanie, en Louisiane. Il l'oriente vers le directeur d'un laboratoire du Mississippi, le Dr Scales.

« J'aimerais que vous compariez les ADN d'une mère et de son fils pour obtenir celui du père, commence Susan au téléphone.

— Quel âge a l'enfant ?

— Quarante-neuf ans.

— Et où est le père ?

— Il est mort. En fait, nous aimerions que ce profil génétique soit comparé à celui d'un tueur en série, détaille la journaliste. La police n'a qu'une séquence incomplète de l'ADN du tueur. Un inspecteur a prélevé celui du fils il y a sept ans et nous n'avons toujours pas reçu les résultats. On aimerait obtenir l'ADN du père pour épargner une dépense inutile à la police. Ils auraient juste à le comparer à celui du tueur.

— De quel criminel parle-t-on ?

— Euh… Du tueur du Zodiac. »

Contre toute attente, le Dr Scales accepte la requête farfelue de Susan et génère en quelques semaines l'ADN de Van, après que Judy et Gary ont fourni les leurs.

Mais Susan se heurte bientôt aux mêmes murs que Gary. Elle demande à la police de San Francisco de lui envoyer les différents dossiers établis sur Van. Dix jours plus tard, elle apprend qu'ils ont été détruits. Gary ne sait toujours pas quand, ni pour quelles raisons. B. G. Dilworth, l'agent littéraire de Susan Mustafa, connaît mal l'affaire du Zodiac, mais celle-ci pique sa curiosité. Gary lui a dit avoir découvert le nom de son père dans deux des trois messages cryptés élaborés par le Zodiac : ceux de 408 et de 13 caractères. Dilworth se met au défi de décoder, celui de 340 signes. Contre toute attente, il repère les treize lettres du nom « Earl Van Best Jr », une dans chaque colonne. Gary lui-même n'en revient pas. Mais tout s'éclaire : si personne n'avait jusque-là réussi cette prouesse de patience, c'est qu'on ne savait pas quel nom chercher.

Autre piste à baliser, celle de la graphie. Susan demande à Gary plusieurs échantillons de l'écriture de Van. Il lui faut quelques minutes pour se souvenir où chercher, dans l'océan de cartons qui renferment les documents accumulés au fil des années. Il finit par mettre la main sur le certificat de mariage de ses parents. La ressemblance entre l'écriture de son père et celle des lettres du Zodiac le frappe immédiatement. Juste en dessous, les deux autres contrats de mariage de Van, sur lesquels figure sa signature. Susan contacte Michael Wakshull, un expert en graphologie. Comme tous leurs interlocuteurs, Wakshull est surpris quand il apprend l'identité de celui dont l'écriture doit être scrutée. Il leur demande des échantillons de celle de Van et les prévient : « Il est fort peu probable que j'accepte de travailler sur cette affaire. » Il avance le même argument que Susan : il ne compte pas mettre sa réputation en jeu, à moins d'être sûr que tout cela vaille le coup. Après avoir jeté un œil aux éléments glanés par Gary, il finit par accepter.

En décembre 2012, après deux mois d'attente, Michael Wakshull envoie un rapport de soixante-cinq pages à Gary, augmenté de schémas comparatifs. L'expert commence avec les précautions qu'exige sa profession : il ne peut pas être sûr à 100 % de ce qu'il avance. La scientificité de l'expertise graphologique n'est à ce jour pas prouvée et ne permet pas qu'on en tire des certitudes. Cela ne l'empêche pas de déclarer qu'il est « presque certain que la personne qui a rempli le certificat de mariage était l'auteur des lettres du Zodiac ». Dans les annexes qu'il a jointes à son rapport, il a superposé l'écriture du Zodiac à celle du père de Gary, du moins pour certaines lettres. Ces comparaisons figurent dans *The Most Dangerous Animal of All*. Celles des lettres « j », « e » et « n », du mot « est » et des deux lettres « ss », établies à partir du certificat de mariage de Van et de Judy et des lettres du Zodiac. Comme pour le portrait-robot et la photo anthropométrique de Van, certaines superpositions sont parfaites. Dans un autre mail, Wakshull envoie d'ailleurs les clichés superposés. Comme Gary l'avait imaginé, ils concordent en tous points. Avant de prendre congé, l'expert confie à Susan : « Je défendrai ces conclusions devant une cour de justice s'il le faut. »

Reste le dernier indice récolté par les enquêteurs : une empreinte ensanglantée prélevée sur la portière du taxi de Paul Stine. Un détail n'a pas échappé à Gary. Une cicatrice barre l'empreinte en diagonale. Et sur le rapport de police établi après l'arrestation de son père en 1962, il a remarqué la même, sur l'index droit de Van, mais dans la direction opposée. Susan se met en quête d'un expert pour comparer les deux stigmates. Elle se tourne vers le lieutenant Bob Garrett, un ancien détective spécialisé en identification d'empreintes digitales. Mais la présence de sang sur l'empreinte censée être celle du Zodiac empêche toute comparaison. En revanche, la cicatrice qui y est présente est d'après lui « un bon point de départ pour établir des similitudes ». Quelques heures plus tard, il envoie ses résultats à Susan. Il a superposé les deux empreintes après avoir inversé celle de la scène de crime. Les deux cicatrices sont identiques. Elles ont le même angle, la même longueur, la même largeur. Grâce à ces éléments, Gary voit le bout du tunnel. Maintenant qu'il est en possession de l'ADN de son père, la comparaison avec les fragments génétiques dégagés de l'enveloppe postée par le Zodiac n'est plus qu'une formalité.

*

De mon côté aussi, les fragments que j'accumule n'augurent rien de bon. Gaspard O. et Marc V. ont donc fait de la prison. Un point commun lie les affaires dans lesquelles ils ont été impliqués : la drogue du violeur. Sur Gaspard, je n'ai trouvé que deux articles sur le site de journaux locaux. Quand il est interpellé un soir d'été, il a déjà fait huit ans de prison pour trafic et consommation de stupéfiants. En juillet 2009, lors d'un festival électro, il injecte dans un verre à l'aide d'une seringue du gamma-butyrolactone, un détergeant qui se mue en GHB une fois ingéré. Des policiers en patrouille l'arrêtent. Au commissariat, il tente de s'enfuir et de se débarrasser des dix sachets de cocaïne, soit dix-huit grammes, qu'il transporte sur lui. Lors de l'audience, Gaspard se défend : le mélange était destiné à sa consommation personnelle. En appel, il a été condamné à trois ans de prison par un tribunal correctionnel.

De son côté, Marc se servait du GHB pour endormir ses victimes avant de les voler. À deux reprises, il a eu la main trop lourde. Leur cœur n'a pas tenu. Je retrouve facilement près d'une vingtaine d'articles à son sujet. Plusieurs quotidiens nationaux avaient envoyé leurs chroniqueurs judiciaires suivre le procès jour après jour. Le mode opératoire de Marc était invariable. Il draguait des clients dans des bars gays et finissait par se faire inviter chez l'un d'entre eux. À l'abri des regards, une fois dans l'appartement, il demandait un café ou un dernier verre, pour bien finir la soirée. Il rehaussait celui de son hôte de Rohypnol, plus connu sous le nom de GHB, un médicament utilisé pour les anesthésies générales avant d'être abandonné en raison de sa durée d'action très longue. Aujourd'hui, le Rohypnol est prescrit en cas d'insomnie sévère.

Entre le 15 mars et le 15 juin 1996, il a fait onze victimes, âgées de 22 à 70 ans. Les deux hommes qui en sont morts étaient les partenaires de ceux que Marc avait initialement rencontrés. Ils souffraient de problèmes de santé. Pour l'un d'entre eux, le médecin légiste a relevé un taux de Rohypnol « quatre fois supérieur au maximum thérapeutique ». Une fois les hommes endormis, Marc pillait tout ce qu'il pouvait, avant de revendre le butin. Il est arrêté en 1996, à 22 ans. Le procès lève le voile sur un homme organisé. Avant de sortir, Marc pilait plusieurs comprimés du puissant sédatif, les mélangeait avec de l'eau et mettait le tout dans une petite fiole. Il connaissait bien cette molécule qu'il prenait parfois en place d'héroïne, quand il vivait à Barcelone. Au fil de ma lecture, deux patronymes m'interpellent et me ramènent à mon sujet de mémoire. Celui de l'avocate de Marc, d'abord : Me Doumic. En 2001, elle défendrait plusieurs familles des victimes de Guy Georges. Quelques lignes plus loin, le journaliste évoque les conclusions de l'expert psychiatre chargé d'examiner Marc. Cet expert est Daniel Zagury, l'un de ceux qui rencontreraient Guy Georges à de nombreuses reprises avant son procès. Zagury juge Marc « instable et immature ». Il estime qu'il a usé d'une technique « élaborée et quelque peu perverse » et s'attarde plus loin sur la « malignité » dont il a su faire preuve pour « berner son prochain ».

À la lumière de ces articles, je reprends le dossier de police concernant le décès de mon père, où les noms de Marc et Gaspard reviennent fréquemment. Une semaine avant l'accident, le 22 mai, mon père dépose une main courante, à 8 h 30.

Je viens vous signaler que mon épouse traîne avec deux de ses anciennes relations qui ont fait de la

prison. [Quand elles en sont sorties], ma femme est repartie avec Gaspard. Depuis, elle a vidé l'appartement, je ne sais pas où elle vit, et veut à tout prix me rencontrer avec ses deux amis. Je crains qu'ils n'essaient de m'extorquer de l'argent car je ne verse plus d'argent de poche à mon épouse.

Plus loin, je tombe sur une demande du procureur de la République adressée à la commissaire trois jours après l'accident :

[Je vous prie de] procéder à une enquête sur l'environnement du Dr Joseph Gauthier, anesthésiste, décédé à la suite d'une prise d'alcool et de médicaments – à vérifier par analyses sanguines – et qui subissait semble-t-il un véritable harcèlement des amis de son épouse Amélie Gauthier, avec laquelle il était en instance de divorce. Selon son conseil, le Dr Gauthier n'était pas suicidaire, mais supportait très mal d'être épié, suivi, appelé.

On croise encore Marc et Gaspard dans les dépositions faites par les amis de mon père. J'apprends qu'il avait mentionné leur rencontre à Lucie lors de son cinquantième anniversaire.

« Au cours d'une sortie en ville, Amélie lui avait présenté un certain Marc V. Après avoir été incarcéré plusieurs années à Digne-les-Bains, il venait de sortir de prison. Gaspard O. était aussi présent. Lui aussi avait fait de la prison. » Un peu plus loin, elle décrit l'état dans lequel mon père se trouvait les dernières semaines de sa vie : « Joseph était tellement dépressif qu'il devenait paranoïaque, il se sentait constamment menacé. Il avait tout le temps peur de quelque chose ou de quelqu'un sans que l'on sache vraiment pourquoi. »

Je passe au témoignage suivant : Charles parle des « deux copains » de la femme de mon père. « Joseph disait qu'Amélie lui prenait toutes ses affaires et qu'un jour, elle viendrait avec ses deux copains [...]. Jamais il ne m'a dit qu'il avait été menacé directement ou agressé. Je ne me souviens que d'un appel, un lundi matin, alors qu'il se trouvait sur la plage du Casino. Il avait constaté que ses pneus de vélo étaient punaisés, les deux roues supportaient deux punaises en leur centre. "Un jour, ces punaises finiront bien dans ma tête", m'avait-il dit. »

Le 9 juin, le commandant R. dresse un procès-verbal qui me rend encore plus suspicieuse. Il concerne une cassette trouvée dans le dictaphone de mon père. Elle contient différents messages vocaux laissés par une femme. Puis une conversation à trois, entre une femme et deux hommes. Seules quelques phrases ont été retranscrites.

Dans ce message, on entend une voix d'homme qui dit : "Tu veux combien ? Tu veux 4 000, sinon tu me butes ?" Et ensuite, une voix de femme qui dit : "Demande le maximum."
SAISISSONS ET PLAÇONS SOUS SCELLÉ DECOUVERT NUMÉRO 1 LE DICTAPHONE

Les rares personnes auxquelles on soumettra l'enregistrement reconnaîtront formellement la première voix masculine comme étant celle de mon père.

Le lendemain, Amélie est entendue au commissariat. Quand Bénédicte R. l'interroge sur ce message vocal, elle déclare ne pas savoir de quoi il s'agit. Amélie n'a jamais demandé à Marc et Gaspard de menacer mon père. Elle n'a « jamais voulu l'agresser [...] juste divorcer parce qu'elle ne supportait plus son alcoolisme » et qu'il devenait « paranoïaque et bizarre ». Elle explique au commandant qu'elle a connu Marc et Gaspard adolescente. Elle sait qu'ils ont fait de la prison mais c'est tout. « Je n'ai pas posé plus de questions », explique-t-elle. Est-ce qu'elle a déjà consommé de la drogue ? Jamais, elle a « tout au plus fumé un peu de shit adolescente », et n'a « jamais vu Marc ni Gaspard consommer de produits stupéfiants ». À la fin de son témoignage, une anecdote me trouble. « Gaspard m'a dit qu'au mois de mai, mon mari était allé le voir dans la brasserie où il travaille. Il lui a dit que j'étais une garce, une salope, et qu'il allait me tuer avec un fusil à canon scié. » Amélie serait allée déposer deux mains courantes dans la foulée. Je ne suis pas en possession de ces documents. J'ai la nausée.

C'est finalement au tour de Gaspard et Marc de passer devant le commandant R. Gaspard se présente au commissariat le 12 juin à 15 heures. Il est sorti de prison il y a quatre mois, après six ans d'incarcération, et reste sous contrôle judiciaire. Il travaille comme cuistot. « Je connais Amélie depuis un peu plus de dix ans. C'était une copine de soirée. À l'époque, j'étais dealer de drogue et j'ai fait de la prison pour ça. J'ai été incarcéré à la maison d'arrêt de Seysses, puis de Privas, Albi et de Digne-les-Bains. » Gaspard se présente comme un « ancien toxicomane ». Un soir, « à la fin du mois de mars ou au début du mois d'avril », il retrouve Marc dans un bar pour fêter sa sortie de prison. Ils tombent « par hasard » sur Amélie accompagnée de mon père. Une vingtaine de lignes plus bas, il parle d'une certaine « Virginie » dont il n'a encore jamais fait mention. Celle qu'il nomme sa copine, avant de la désigner comme « une copine à lui », était aussi avec eux.

Gaspard et Amélie se rapprochent et, quelques semaines après cette soirée, elle se confie à lui. Son mari boit, lui rend la vie difficile. Elle n'est pas heureuse et finit par le quitter au début du mois de mai. Comme elle, il raconte que mon père est venu le voir un jour à son travail. « Il était hors de lui et m'a dit qu'il allait tuer sa femme avec un fusil. Que c'était pas lui qui allait le faire, mais un de ses copains corses, un certain Jeannot. » Ce nom ne me dit rien. Gaspard se défend d'avoir jamais menacé mon père. Il aurait juste dit à Amélie qu'il fallait qu'elle conserve la pension de 1 500 euros que son mari lui versait tous les mois. Quand le commandant lui fait écouter la conversation retrouvée sur le dictaphone, il reconnaît formellement la voix de mon père, mais ne peut identifier la voix féminine. Quant à la troisième, ce n'est pas la sienne.

14 juin, 10 heures. Marc arrive dans les locaux du commissariat. Il a 33 ans et pas d'emploi. Comme Gaspard, il a connu Amélie quand elle avait « environ 15 ans ». Il en avait 20. Ils se sont vus quelquefois avant qu'il ne prenne quinze ans de prison. Il confirme connaître le mari d'Amélie, rencontré soit le jour de sa sortie, soit lors d'une permission, une semaine plus tôt. Quant à « Virginie », il ne la connaît pas et ne se souvient pas d'elle. Il ne sait rien de la vie privée de Gaspard, rencontré alors qu'ils travaillaient en semi-liberté tous les deux. Au printemps, Amélie se confie à lui. « Elle me disait que son mari lui mettait la pression, qu'il menaçait de la tuer si elle le quittait, qu'il buvait, qu'il prenait des cachets et qu'il était violent avec elle en paroles. Il ne l'a jamais frappée. » Comme Gaspard, il affirme n'avoir jamais exercé de pression ou menacé mon père. « Je viens de sortir de prison, j'essaie de m'en sortir et je n'ai pas envie d'y retourner. Vous me dites qu'il se sentait menacé par nous. Je pense qu'il était parano parce qu'il savait que je sortais de prison et que Gaspard aussi. » Sur l'enregistrement, Marc ne reconnaît aucune des trois voix. Enfin, il n'a jamais eu de relation amoureuse avec Amélie et il pense que Gaspard non plus. Il conclut : « Je trouve ça très triste pour Joseph. Personnellement, je vous assure que je n'ai rien à voir dans cette histoire, c'est celle d'un divorce qui s'est mal passé. »

J'ai longtemps gardé pour moi ce que m'avait révélé le dossier de police. La seule à qui j'ai dû en parler est mon avocate, que je voyais régulièrement, au point que la secrétaire du cabinet ne me demandait plus avec qui j'avais rendez-vous quand je poussais la porte blindée et débouchais sur la petite salle d'attente. Me E. était jeune. Elle était devenue mon interlocutrice principale concernant mon père, j'attendais nos rendez-vous avec impatience, les transformant ainsi en une étrange thérapie. Elle s'était muée en un membre éloigné de ma famille, auquel je pouvais tout dire. Malgré sa fermeté, elle faisait preuve de douceur quand il fallait m'annoncer des nouvelles dont elle savait qu'elles me déplairaient. Ce qui se passa quand je lui présentai le pedigree de Marc et Gaspard. Elle me fit comprendre qu'il faudrait ranger ces informations aux côtés des mauvais souvenirs. Monter un dossier de police aujourd'hui signifiait s'embarquer dans une procédure qui durerait des années et me coûterait cher, dans tous les sens du terme. Je décidai de taire ces profils gênants à mes tantes paternelles, à qui je ne donnais de toute façon pas de nouvelles. Je finis par les revoir aux obsèques de ma grand-mère, au cours de l'hiver 2008. Je dus gérer avec elles la succession en tant qu'héritière directe. Quant à ma mère, il m'était déjà difficile de lui parler de mon père. Ça l'était encore plus d'évoquer mes idées noires : qu'il aurait pu être tué.

À partir de 2010, la procédure entre Amélie et moi s'enlise. Le principal point d'achoppement reste inchangé : elle persiste à prétendre au droit au viager. Un premier acte notarié, rédigé près de trois ans après la mort de mon père, m'apprend qu'il avait établi une donation entre époux en 2003. Il l'avait révoquée peu de temps avant de déposer une requête à fin de divorce, quelques heures avant le drame, tout comme son assurance vie, qu'il avait mise au dernier moment à mon nom, et non à celui d'Amélie. Dans les nombreux courriers qu'envoie son notaire au mien, je suis désignée comme responsable de cette procédure interminable. « Afin de mettre un terme rapide à cette succession dont le règlement traîne en longueur du fait de votre cliente » est une phrase que je lis à plusieurs reprises. Après bien des errances, un nouvel acte finit par être rédigé à la fin de l'année. Mon avocate a longuement échangé avec le notaire d'Amélie : celle-ci se résout à ne pas prétendre au droit au viager. Désormais, nous devrions pouvoir signer l'acte rapidement. Le surlendemain, le même notaire m'apprend qu'Amélie a déchargé son avocat du dossier. La signature est une énième fois repoussée.

Un soir, au début de l'année 2010, je retrouve ma mère paniquée dans le couloir de l'entrée. Elle a reçu un coup de fil du commissariat du 13e arrondissement, où je suis convoquée. « Le type que j'ai eu m'a dit qu'il ne pouvait pas me donner plus de détails », me confie-t-elle, sautillant presque sur place d'angoisse et d'impatience. Passant en revue mes activités des dernières semaines, je reste muette. Ce silence ne rassure pas la boule de nerfs qui me dévisage. « Mais tu sais, tu peux tout me dire, insiste ma mère. » Je la tranquillise, mais n'en mène pas large. Au poste de police, je me retrouve face à un officier autour d'une table d'écolier. Il me demande d'emblée si je connais une Amélie Gauthier. « Cette dame porte plainte contre vous. Elle vous accuse d'avoir volé le sac à dos d'un certain Joseph Gauthier. Ça vous parle ? » J'éclate en sanglots et lui détaille en vitesse les circonstances dans lesquelles j'ai récupéré l'objet du crime. D'après lui, je n'ai pas de souci à me faire, la procédure n'ira pas plus loin. Je quitte son bureau, ébranlée. Je n'ai plus jamais entendu parler de cette histoire.

Six mois plus tard, l'avocate d'Amélie écrit à la mienne : « Je vous indique le refus formel de ma cliente sur les modifications sollicitées par Mlle Gauthier. Il convient de lui rappeler que ma cliente est la veuve non divorcée, non séparée et non remariée de M. Joseph Gauthier. » Encore une fois, plusieurs documents et déclarations, celles de Gaspard en tête, attestent leur séparation. Comment se fait-il que dans une affaire de ce genre, les acteurs de la succession ne soient pas en possession du dossier de police constitué après la mort d'un des époux ? Je lis un peu plus loin que je ferais preuve de chantage. La belle affaire. Amélie change encore d'avocat. Nous signons enfin l'acte de notoriété en 2011.

Peu de temps après, je décide de rendre visite à la sœur aînée de mon père, Alice, en Normandie. C'est la première fois que je la vois en dehors des réunions de famille. Nous devons clôturer la succession de ma grand-mère et je veux en profiter pour lui parler de mon père, dont elle était proche. La maison dans laquelle Alice et son mari Robert m'accueillent n'est plus celle de mon enfance, mais une longère où règne la pierre, qu'ils ont scindée en deux après l'avoir remise en état. Quand ils l'ont aménagée, les pigeons avaient investi le grenier. Ils continuent de nicher au creux des minuscules fenêtres rondes qui habillent les murs de cette pièce transformée en chambre, où je dormirai. Récupéré ici et là ou chiné dans des brocantes, le mobilier me rappelle celui de mon père. Des tapis persans recouvrent le sol pierreux, de vieilles peintures parent les murs, un canapé et des fauteuils Louis XV siègent dans le salon, face à la cheminée, de nombreux objets, anciens et parfois insolites, occupent tous les recoins ou recouvrent les tables, et des tentures de plusieurs mètres de long en provenance du Japon ornent le mur de la petite pièce qui abrite le poêle à bois et la télévision.

Robert aussi aimait beaucoup mon père. Chaque fois que nous l'évoquons, mon oncle me dit qu'il a « perdu son frère trop tôt ». Bons vivants et généreux, ils me reçoivent avec du champagne au coin de l'âtre. Celui de la cuisine, qu'ils ont rehaussé et dans lequel je pourrais tenir debout. Anciens grands fumeurs, ils ont conservé la navette à encens en bronze de mon enfance, détournée de son usage premier. Je la revois encore en bonne place sur la longue table de la maison où j'allais enfant, passant de main en main, surtout entre celles de mon père et de sa sœur, si remplie qu'on ne pouvait rapidement plus refermer son couvercle à charnières. Cet objet me quittera peu pendant mon séjour. Alors que ma tante enfile son tablier et se met aux fourneaux, ce soir, c'est elle qui cuisine, la discussion s'oriente vite vers son frère. Comme je leur ai fait savoir dès mon arrivée, je compte enregistrer nos conversations. Nous reprenons les choses du début, ou plutôt depuis la fin, et évoquons les dernières semaines de mon père.

« Est-ce qu'il vous a déjà dit qu'on le menaçait ?

— Bien sûr. Il nous le disait tous les jours, assure Alice. Il allait travailler et il avait peur de se faire écraser en vélo. Il était terrorisé.

— Et vous y croyiez, ou il divaguait ?

— Ah, mais non, c'est sûr que quelqu'un lui faisait peur.

— Tu es sûre de ça, Alice ? l'interrompt mon oncle, les sourcils froncés.

— Ah, mais oui.

— J'ai aussi lu dans le témoignage d'un de ses amis qu'un jour il avait retrouvé des punaises dans les roues de son vélo.

— Jamais entendu parler de ça, me répondent-ils à l'unisson.

— Et il y a cette histoire de dictaphone qu'on avait retrouvé dans son sac aussi. Sur la cassette, les flics ont découvert une conversation entre deux hommes et une femme. On entend l'un des deux demander : "Tu veux 4 000, sinon tu me butes ?", et la femme dire : "Demande le maximum."

— On n'est pas du tout au courant de ça non plus, s'étonne Alice alors que mon oncle s'exclame. En revanche, il nous a dit qu'un jour, il remontait chez lui quand un des deux types descendait. Et le croisement a été assez tendu.

— Mais je comprends pas, les deux mecs vivaient chez lui ? »

Le flou s'éclaircit. D'après Robert et Alice, Amélie aurait commencé à vivre une histoire avec Gaspard ou Marc. Puis, comme l'attestent les procès-verbaux dressés par l'huissière que mon père avait engagée, l'appartement aurait commencé à se vider étrangement. Se sentant menacé, il avait demandé de l'aide à Lucie et Hubert, puis déménagé dans leur studio.

« C'est peut-être ces deux types qui rendaient la vie impossible à Joseph, enchaîne ma tante. Il y a aussi l'histoire de la camionnette garée en bas de chez lui. On a su à qui elle était ? Elle a été là pendant des semaines et des semaines. »

C'est donc ce véhicule qui apparaît sur les dernières photos prises par mon père. N'aurait-il pas servi pour déménager les biens de l'appartement avant de s'en débarrasser ?

J'en profite pour leur faire part de mes soupçons et leur expose les différents éléments auxquels je me raccroche : les vols et dégradations dans l'appartement de mon père, les menaces à peine masquées à son encontre, le passé carcéral de Marc et Gaspard, le dépôt d'une requête à fin de divorce par mon père le jour même de sa noyade, l'absence d'autopsie et d'analyse toxicologique dans le dossier de police récupéré par mon avocate. Ces faits ne sont pas des preuves, mais ils conduisent à s'interroger. D'autant que récemment, l'air de rien, ma mère a lâché une bombe au téléphone : quelques jours avant qu'on ne le découvre dans la Méditerranée, « flottant entre deux eaux », mon père lui avait confié : « Si on me retrouve mort, faudra pas se demander si c'est un accident. »

Ni Alice ni Robert ne partagent mon point de vue. Le caractère sombre de mon père transparaît derrière les paroles de sa sœur. Elle partage l'avis de son psychiatre qui le considérait comme « border ». « Il était rebelle et idéaliste », ajoute-t-elle. En dépit des circonstances, Alice situe la mort de mon père entre le suicide et l'accident : il était casse-cou à plus d'un titre. Il a eu un nombre incalculable de voitures, non par coquetterie mais parce qu'elles finissaient toutes à la casse. Mon père roulait vite, parfois au mépris de la sécurité, au point que ma mère, enceinte, refusait de monter avec lui et préférait le train. Un jour, il a même embouti un arbre alors que j'étais sur la banquette arrière dans mon couffin. Seule la carrosserie a souffert du choc.

Au fil des jours, au coin du feu ou pendant nos repas, la conversation s'oriente autour d'Amélie et de ses caprices, auxquels mon père cédait tout le temps d'après Alice et Robert. Pour ma tante, « si elle est devenue infirmière, c'est pour se trouver un médecin ». Tous deux évoquent pêle-mêle les dépenses de mon père pour des bijoux, du parfum, des vêtements de marque. J'apprends aussi qu'il avait fini par accepter de faire l'aller-retour à Rennes en voiture pour assister à un concert du groupe de rap NTM. D'après Robert, il avait passé la soirée à parler avec les types de la sécurité. Dernier exemple des désirs d'Amélie au mépris des goûts de son mari. Pour l'anniversaire de mon père, pensant lui faire plaisir, elle avait loué une Rolls-Royce et réservé une nuit dans un palace. Quelques jours dans une bicoque perdue dans la campagne, un chevalet, de la couleur et des cris d'hirondelles, voilà ce qui le rendait heureux.

« Et à la fin il travaillait de moins en moins, tu sais, m'apprend Robert.

— Quand ils se sont rendu compte qu'il n'allait pas bien, ils lui ont donné des cas faciles, ajoute ma tante.

— Il n'assurait plus au travail ?

— Ton père s'était mis à boire pour oublier. Je ne sais pas si alcoolique est le bon terme mais, quand il arrivait le matin, il n'était toujours pas redescendu. Donc, on lui donnait des cas simples, alors qu'il avait beaucoup de patients en bas âge en temps normal. »

Puis mon oncle m'apprend une chose qu'on m'avait cachée jusque-là, et qui explique en partie l'absence d'Amélie aux obsèques de mon père. Juste après sa mort, Robert et Alice l'avaient croisée et lui avaient donné rendez-vous dans un restaurant. « Elle est arrivée avec l'un des deux types, commente mon oncle. On était devenus assez proches du gérant parce qu'on venait souvent. Son resto était à côté de l'hôpital où était ton père. Je lui avais demandé de surveiller notre table, au cas où les choses tourneraient mal. Lui n'a pas ouvert la bouche. Elle ne voulait pas organiser les obsèques comme la famille l'entendait. Elle voulait venir et je lui ai dit que je ne pouvais pas l'en empêcher, mais que ce n'était sûrement pas une bonne idée qu'elle se pointe. »

Je saisis l'occasion et aborde un sujet que je redoute.

« Dans sa déposition, Amélie a dit qu'un jour papa lui avait couru après avec un marteau dans l'appartement et qu'il lui avait dit qu'il la ferait flinguer par un pote.

— Ça, il lui a dit, oui, affirme immédiatement Alice.

— Ah bon ?

— Enfin, je ne sais pas s'il lui a vraiment dit, mais je sais qu'elle en avait peur.

— Donc, peut-être qu'il l'a vraiment poursuivie avec un marteau ?

— Je ne sais pas. Qu'est-ce que tu veux, c'était entre eux. Il y a plein de choses qu'on ne peut pas savoir. Mais, d'ailleurs, on avait rencontré le détective privé qu'il avait engagé quand on a essayé de monter un dossier de police. »

Stupéfaite, j'interromps ma tante, avec le sentiment d'être dans un mauvais polar. Je n'avais encore jamais entendu parler d'un détective privé. Je leur demande s'ils se souviennent de son nom.

« Je sais juste que Joseph l'appelait P'tit Louis, se rappelle ma tante.

— Tu as les déclarations des amis de ton père ? Ils n'en parlent pas, eux ? me demande Robert.

— Quelles déclarations ?

— Quand on avait essayé de monter un dossier après

la clôture de l'enquête de police, plusieurs d'entre eux avaient témoigné avec nous. Tu demanderas à ta mère, elle a peut-être ça dans ses papiers.

— C'est Ange qui avait témoigné surtout, non ? ajoute ma tante.

— C'est qui Ange ?

— Tu sais, son ami corse. Vous alliez souvent le voir quand tu étais petite. Tu ne te souviens pas de lui ? On le surnommait Jeannot. »

8

Enlisement cognitif

Je rentre bouleversée de ces quelques jours en Normandie. Comme je le craignais, Alice et Robert n'ont fait que renforcer mes soupçons alors qu'ils ne croient pas à l'hypothèse de l'homicide. Mais leur doute alimente mes certitudes : plus on vous dit que votre hypothèse ne tient pas la route, plus vous vous y attachez. C'est le propre du biais de confirmation, le mécanisme cognitif dont je suis la prisonnière ou, devrais-je dire, l'actrice principale. Si mon père a engagé un détective privé, c'est qu'il avait, selon moi, une raison sérieuse. Il avait un côté fantasque, mais n'aurait pas entrepris cette démarche pour une simple affaire de femme. Huit ans après sa mort, mon deuil n'en finit pas. Il tourne à l'obsession. Je ressors régulièrement l'enquête de police à la recherche d'un indice que je n'aurais pas vu, d'une information compromettante qui alimenterait mon moulin. Je m'enferme dans un raisonnement sans issue, répète à l'envi que je vais bientôt me rendre dans la ville où mon père est mort et note inlassablement les numéros de téléphone de ses amis. Je persiste à le voir comme la victime d'un engrenage sur lequel il n'avait aucune prise. Le fait qu'il ait proféré des menaces de mort à l'encontre de sa femme ne me décide pas à changer mon fusil d'épaule. Je le vois comme un motif de plus pour qu'on ait voulu s'en prendre à lui et non comme le comportement d'un homme qui a basculé dans la folie.

Je ressasse les mêmes questions, persuadée que l'enquête a été bâclée. Au-delà de la mort de mon père, qu'en est-il des vols commis chez lui ? Pourquoi Marc et Gaspard n'ont-ils été interrogés qu'une fois par la police ? L'institution, commandant R. en tête, était-elle en possession des procès-verbaux dressés par l'huissière ? Pourquoi l'autopsie et les analyses toxicologiques, demandées par le substitut du procureur, ne figurent-elles pas au dossier ? Au comble de la paranoïa, j'imagine un complot, ourdi par quelques puissants, pour protéger Marc et Gaspard. Il est pour moi inconcevable que mon père ait pu vouloir en finir. Savoir qu'on l'a tué me permettrait de blâmer d'autres hommes que lui et signifierait qu'il ne m'a pas abandonnée. Ces périodes alternent avec de longs moments de résignation. Robert me l'a dit et il a raison : je n'aurai de toute façon jamais les réponses à mes questions. Alors à quoi bon ? Malgré ces sursauts de recherche, je reste concentrée sur mes études de journalisme.

C'est à cette période que je découvre l'histoire de Gary. Sa quête de vérité m'amène à rouvrir mes dossiers. J'en parle à Thomas, journaliste au *Parisien* au service des IG. Il est intrigué par la façon dont l'affaire a été traitée et m'indique le nom d'un avocat au barreau de A. qu'il connaît bien et qui accepterait de se pencher sur le dossier gracieusement. Qu'un pénaliste y mette le nez me grise et m'emplit d'espoir. Deux mois passent. Thomas et moi avons finalement rendez-vous avec l'avocat dans un café cossu de l'avenue Montaigne. Ce genre d'endroits où les serveurs changent le cendrier dès qu'un mégot y a éclos, où le café est au prix d'un paquet de cigarettes et le verre d'eau de la taille d'un dé à coudre. Nous nous installons en terrasse. Comme il fallait s'y attendre, le pénaliste, pourtant surpris par l'absence d'autopsie et d'analyses toxicologiques, n'a pas de bonnes nouvelles. « On ne peut rien faire », résume-t-il en quelques mots après avoir bu son expresso d'un trait. Loin de me résigner, cette constatation renforce mes convictions. Comme l'épisode qui va se dérouler peu de temps après.

Un après-midi studieux, je décide de faire une pause et me connecte à mon profil Facebook. Alors que je ne m'y rends jamais, je me retrouve sur l'onglet « invitations par message » et découvre qu'on m'a écrit. Des frissons me secouent en voyant le nom de l'expéditeur. Il s'agit de Marc. Après m'avoir envoyé un smiley au grand sourire, que je rattache depuis aux clowns terrifiants de l'univers de Stephen King, il m'écrit simplement : « Bonjour, je peux te parler ? » Immédiatement, j'appelle mon avocate. « Tu bloques son compte et tu vas déposer une main courante au commissariat, au cas où les choses tourneraient mal », m'indique-t-elle, rassurante. Et si Marc avait des choses intéressantes à me dire ? Ma peur l'emporte sur cette question. Un mois plus tard, je finis par aller déposer une main courante.

La lecture du livre de Gary me laisse perplexe. Après cinq mois de silence, je relance les échanges avec lui. Il m'apprend deux nouvelles prometteuses. D'abord, la police de San Francisco a décidé de rouvrir l'enquête sur le Zodiac, dix ans après l'avoir close. Gary m'informe qu'il a rencontré récemment le nouvel inspecteur chargé de l'affaire. Gianrico Pierucci le lui a assuré : il envisage son père comme un suspect dans l'affaire du Zodiac. Quelques jours avant de m'envoyer ce mail, une autre nouvelle a été médiatisée aux États-Unis. Chris Harris, journaliste et spécialiste en relations publiques renommé, a reconnu Earl Van Best Jr après s'être procuré le livre de Gary. À la fin des années 1960, Harris réalisait un documentaire sur le Zodiac. Un soir, alors qu'il dînait dans un restaurant, à Napa, il a entendu l'un des clients attablés déclarer à la cantonade : « Vous n'imaginez pas ce que c'est que d'avoir à tuer. » Terrorisé, Harris était resté de marbre. Des décennies plus tard, il en est sûr, cet alarmant client n'était autre que Van.

Ces bonnes nouvelles rendent Gary prolixe. Il m'a toujours répondu, mais attend d'ordinaire plusieurs jours, voire une semaine, avant de le faire. Cette fois, ses réponses fusent. Nous nous envoyons une dizaine de mails en quelques minutes. Il sait que *Le Parisien* ne publiera pas notre interview et accepte malgré tout de s'entretenir une seconde fois avec moi. J'ai besoin d'éclaircir quelques points. Treize pages de questions attendent sagement sur un coin de mon bureau. Rendez-vous est pris trois semaines plus tard. Entre les interviews qu'il doit donner et son entreprise de nettoyage, il n'a pas une minute à lui.

*

Comme l'avait suggéré Robert, ma mère était bien en possession des témoignages de quelques membres de la famille de mon père et de trois amis de longue date, recueillis après sa mort. Ils ressemblent à tous ceux que j'ai pu lire ou entendre jusqu'à maintenant. L'un évoque « le cauchemar de [sa] vie », qu'il lui raconte trois jours avant de se noyer. C'est la première fois en des décennies que Pierre le voyait dans cet état. Il évoque des « menaces plus ou moins déguisées qu'il reçoit sur son téléphone portable, les nuits d'insomnie, barricadé chez lui avec des chaises empilées contre la porte de la chambre de sa fille ». Pierre connaît « le caractère entier et impulsif de Joseph » et « l'idée qu'il puisse se suicider le hante ». Il tente de le rappeler le 30 mai, trop tard.

À la fin du mois d'avril, mon père appelle aussi Hervé, qu'il a rencontré lors de ses études de médecine. Il lui raconte la situation dans laquelle il se trouve et lui demande de l'appeler tous les deux jours. D'après lui, mon père avait commencé à envisager qu'Amélie puisse être manipulée par Gaspard et Marc, mais avait fini par « la juger totalement complice ». Hervé poursuit : « Lorsqu'elle lui donnait rendez-vous dans son appartement et qu'il ne s'y rendait pas tout en restant dans la rue à proximité, il voyait monter les mêmes individus menaçants quelques minutes après l'heure fixée. » Mon père mentionne aussi le détective qui « lui avait fait comprendre qu'il se trouvait dans une situation dangereuse compte tenu des individus en cause ».

Le témoignage d'Ange est le plus court des trois. D'après lui, les menaces à l'encontre de mon père ont commencé après qu'il a coupé les vivres à Amélie. Quand Ange lui suggère d'aller voir la police, mon père lui répond : « Amélie est allée se plaindre en prétextant que je la menaçais. On m'a demandé de ne plus l'importuner. Si j'y retourne, ils vont me dire ce qu'ils m'ont déjà dit : que je ne suis pas le premier cocu énervé qu'ils voient. » J'apprends enfin qu'il « espér[ait] démontrer la vraie personnalité de sa femme, ses magouilles », ce qui aurait facilité l'obtention de son divorce. Ange est catégorique : « Jamais une seule fois il n'a manifesté d'idée suicidaire » en sa présence.

Ange vit toujours en Corse. Il ne me faut pas beaucoup de recherches pour tomber sur un mail et un numéro de fixe où le joindre. Je préfère doubler mes chances et laisse un message vocal avant de lui écrire. Il me répond quelques heures plus tard, comme si nous nous étions quittés la veille, et accepte de me parler dès le lendemain. Sa voix chantante me ramène sur l'île où nous nous rendions souvent avec mon père quand j'étais haute comme trois pommes. Ange me confie qu'il a souvent essayé de nous appeler, Alice et moi, mais les numéros n'étaient plus attribués. « J'avais besoin de te parler. Il ne se passe pas un mois sans que j'évoque ton père. Il me manque », enchaîne-t-il rapidement.

Tous deux s'étaient rencontrés à l'hôpital quand mon père était encore jeune interne. Ange était responsable des services techniques : il régnait sur le bloc opératoire, les soins intensifs et la réanimation. Ils ont commencé à boire leur café ensemble le matin avant de « sortir souvent avec d'autres amis de l'époque ». Puis chacun a fait sa vie, vers d'autres contrées. Mais ils ne se sont jamais perdus de vue. « Nous étions toujours là l'un pour l'autre. C'était un grand bonhomme, et un sacré bon ami. Il y a des fois où je me dis : "Putain, bordel, j'aurais pu en parler à Joseph de ce problème." On a partagé plein de choses agréables, surtout en Corse et à Paris », se souvient Ange.

« Il était hypersensible. Il était surtout écorché vif. Et malheureusement, les derniers temps, il m'appelait très souvent. Mais jamais je n'aurais pensé à une fin aussi tragique.

— Qu'est-ce qu'il te racontait ?

— J'avais des éléments, mais je ne savais plus sur quel pied danser. Parfois, Joseph m'appelait, il était 2 ou 3 heures du matin. J'étais là pour l'écouter et surtout pour le conseiller. J'avais essayé de le dissuader de se remarier. J'étais devenu la bête noire de sa nouvelle nana. En plus, elle avait été maquée avec un repris de justice.

— Tu étais au courant de ça ?

— Un jour, ton père m'avait demandé si je connaissais quelqu'un qui pourrait l'aider. Il voulait faire une enquête, pour savoir qui étaient ces mecs avec lesquels elle traînait. Je lui avais dit : "Écoute, y a pas de souci, je passerai quelques coups de fil, je t'introduirai, et tu donneras les éléments pour qu'on te dise exactement qui ils sont." Moi, je te le dis, j'ai souvent été inquiet que la clique de sa nana débarque et me demande des comptes.

— Et tu savais qu'il avait engagé un détective privé ?

— C'est ce qu'il m'a dit, peut-être deux soirs avant de disparaître. Il croyait que ce n'était pas aussi grave que ce qu'il m'avait raconté, ne voulait pas mettre des truands dans le coup et avait préféré la voie légale en engageant ce mec. La nuit qui a précédé sa mort, je l'ai eu au téléphone. Il n'était pas rentré chez lui et voulait que je vienne le voir. Je ne pouvais pas, mais je lui avais promis que je serais là le surlendemain et qu'on trouverait une solution. Je ne comprenais pas un mot sur trois. Il bégayait, bafouillait. Je lui ai demandé où il était et s'il avait bu. Il m'a répondu qu'il était dans un trou et qu'il avait juste bu un verre. Est-ce qu'il avait pris des cachets aussi ? Je ne sais pas. Et le surlendemain, j'ai appris qu'on l'avait retrouvé noyé.

— Tu as pensé à un homicide ? Parce que beaucoup de gens penchent pour un suicide…

— Oui. J'y ai pensé. Il n'était pas suicidaire. Joseph était construit, il avait envie de vivre, de croquer la vie à pleines dents. On ne vit pas de la même façon quand on a la certitude que son père s'est donné la mort, ou qu'il a été tué. Je ne pense pas que tu arrives un jour à prouver quoi que ce soit. Mais si tu mets le doigt là-dedans, réfléchis, sois bien entourée. Ne fais pas ce genre de trucs toute seule. C'est mon conseil. Je ne sais pas s'il s'est suicidé, mais il s'est noyé. Peut-être accidentellement, s'il avait pris des cachets. Comme on n'a pas d'éléments, on ne peut qu'échafauder des hypothèses. Apparemment, il était gavé de barbituriques, c'est ça ?

— On ne sait pas. Je n'ai jamais mis la main sur les analyses toxicologiques ou l'autopsie, mais j'ai le dossier de police. La succession s'est close il y a trois ans. J'ai été en procédure avec Amélie pendant tout ce temps. Et il y a quelques mois, un de ses amis m'a recontactée en me demandant s'il pouvait me parler.

— Ah bon !

— Je n'ai pas pu m'empêcher de me dire qu'il avait peut-être des choses à me raconter. Mais, connaissant son pedigree, je n'ai pas eu envie de me remettre là-dedans…

— Il vaut mieux que tu ne saches pas les trucs qu'il a à te raconter. Je vais te dire, moi, je ne sais pas si l'enquête a été bien faite. On m'a demandé de déposer, ce que j'ai fait. Et j'avais reçu une convocation de la PJ parce qu'Amélie était allée dire que j'avais des fréquentations dans la voyoucratie et que, s'il lui arrivait quelque chose, ça pourrait venir de moi. Mais les flics n'ont jamais donné suite. Tu as cette déposition ?

— Non, mais un de ses amis a dit que papa avait menacé de la faire descendre par un certain Jeannot.

— Oui, ben Jeannot, c'est moi. Je suppose que ton père a dit à Amélie dans des moments de reprise ou sur l'oreiller : "Mon pote en Corse, il m'a dit que si ça continuait, il te fumait." Va savoir. Les autres, je crois que c'est un travail ce qu'ils lui ont fait. Dans le milieu, ça s'appelle un travail. Ils l'ont complètement saucissonné pour lui prendre son oseille. Je sais que je ne suis pas le seul à voir les choses de cette façon. Mais à partir du moment où on n'a ni certitude ni preuves, c'est très dur. J'aurais été sur place, crois-moi, j'aurais fait bouger les choses. Il était aveuglé ton père. Pauvre Joseph. Tu sais, je regarde beaucoup d'émissions sur des affaires judiciaires, et souvent je tombe sur des histoires qui ressemblent étrangement à la sienne. »

Gary apparaît sur mon écran. Cette fois-ci, nous avons préféré Skype à un simple coup de fil. Il est 9 heures du matin à Baton Rouge. Son visage est encore froissé par le sommeil, malgré la chemise blanche qu'il a enfilée. Autour de lui, le vaste intérieur paraît propret, presque aseptisé. Les murs blancs sont nus, le bois de la table à laquelle il a pris place, foncé et massif, suggère un mobilier rustique. Je lui annonce d'emblée avoir beaucoup de questions et tente de lui arracher un sourire. C'est un échec. Gary est sérieux. Le ton est moins amical que dans ses mails. Il répond sèchement, sans fioritures, de sa voix grave et monocorde. Je m'intéresse d'abord à Judy, dont la position m'échappe. Dans son livre, Gary relate un comportement versatile. À commencer par la mémoire de sa mère, qui semble s'être envolée au moment de leurs retrouvailles. Soutien sans faille au début des recherches de son fils, Judy devient méfiante quand elle apprend ses soupçons. Lors de notre premier entretien, Gary m'avait fait part de l'assentiment de sa mère : « Elle vient de m'annoncer qu'elle se rangeait à mes côtés et me soutiendrait envers et contre tout. »

« Je ne sais pas ce qu'elle pense à l'heure actuelle », me confie-t-il aujourd'hui. Serait-elle encore sous l'emprise de Van, malgré sa reconstruction et les décennies passées ? Cherche-t-elle à le protéger lui, ou son dernier époux ? « Après la sortie du livre, elle m'a dit qu'Earl Sanders et Rotea discutaient beaucoup de l'affaire quand le premier venait dîner. Mais elle n'était qu'une auditrice passive. »

Je lui pose aussi des questions sur sa relation avec William que j'ai du mal à cerner. À aucun moment dans son livre, Gary ne lui précise qu'il est persuadé que son père est le tueur du Zodiac. « William savait que Van était un criminel. Mais quand j'insistais pour avoir des détails, il se vexait. À un moment, il a voulu m'évincer et m'a dit de ne plus jamais le contacter. Je savais que cet homme était un puits d'informations et je tenais à lui. Quand il m'a à nouveau accepté dans sa vie, je n'allais pas partager ce que j'avais découvert sur mon père, cela aurait été trop dur pour lui. Donc, j'ai laissé tomber. En tant que détective privé d'envergure internationale, il aurait peut-être accepté de m'aider. Mais je pense qu'il aurait refusé pour se réfugier dans les bons moments passés avec mon père, parce que c'est tout ce dont il voulait parler. »

William est décédé en juin 2010. Quand Gary est allé rendre visite à son épouse, quelques mois plus tard, cette dernière lui a assuré que Van leur avait rendu visite à la fin des années 1970 ou au début des années 1980. Il était « échevelé et semblait sale ». Tania a accepté de le faire entrer, malgré ses réticences et l'absence de William. D'après elle, Van lui aurait suggéré de quitter son mari et de partir avec lui.

D'autres détails me chiffonnent. Il y a beaucoup d'incohérences entre ce que j'ai pu lire dans le livre de Gary et nos entretiens. Par exemple, la rencontre supposée d'Arthur Leigh Allen et de Van à Atascadero. Les dates pourraient concorder. Mais si Gary pense que l'homme aux cryptogrammes dont Allen avait parlé à la police était son père, c'est qu'il l'a appris d'une manière ou d'une autre. Je lui demande donc comment il a eu cette information. Réponse : « Je n'ai aucune preuve de leur rencontre. » S'il y a une chose qu'on ne peut enlever à Gary, c'est son honnêteté. Car il ne s'arrête pas là, et chambre lui-même la cartouche qu'il va se tirer dans le pied. « J'ai appelé Atascadero pour savoir quand mon père y avait été incarcéré. Malgré son décès, on a refusé de me donner cette information. Oui, Allen y a travaillé en 1961 et 1962 et mon père y a sûrement été en 1963. Je n'ai aucun moyen de savoir si mon père n'a été interné à Atascadero que cette fois-ci. Après y avoir enseigné deux ans, il y a une forte probabilité qu'Allen soit resté en contact avec des collègues. Leurs chemins ont pu se croiser.» Gary fait de son père un suspect de l'affaire du Zodiac sans aucune preuve. Pire, il en produit lui-même, et cherche à les rendre valides.

Je lui demande alors s'il a confronté les éléments qu'il avance avec ceux des enquêteurs. Peu après la sortie de son livre, j'avais lu que Dave Toschi comptait le lire. Les informations avancées par Gary l'intéressaient. Les deux hommes se sont-ils rencontrés ?

«Je crois que Toschi a lu le livre, me dit Gary. Un de ses collègues a essayé de le joindre deux fois pour organiser une rencontre avec moi. Il n'a pas répondu. D'après lui, pendant toutes ces années, Dave Toschi et Bill Armstrong ont tenté de résoudre cette affaire et en sont devenus obsédés, tout comme Robert Graysmith. Ce qu'ils savent, personne ne peut l'appréhender. Mais si Toschi a lu mon livre, en voyant mon père, il a pu se dire: "Nous avons auditionné ce gars-là." Personnellement, je ne sais pas si je sortirais de l'ombre», conclut Gary. Je m'engouffre dans la brèche qu'il vient d'ouvrir: Robert Graysmith, l'a-t-il contacté ? C'est probablement l'une des personnes qui connaissent le mieux cette affaire.

«Non et je ne le souhaite pas. Il a passé les trente dernières années à clamer qu'un innocent était le tueur du Zodiac et je suis celui qui a prouvé qu'il avait tort. Chris Harris m'a dit que Graysmith n'était pas quelqu'un que j'aimerais rencontrer. » Encore une fois, Gary s'appuie sur le jugement de l'homme qui l'a publiquement soutenu pour s'éviter une confrontation douloureuse.

J'oriente la conversation vers la comparaison ADN. Voilà dix ans que le lieutenant Hennessey a fait la demande. L'inspecteur Gianrico Pierucci lui en a-t-il donné des nouvelles ?

« Quand le livre est sorti, le chargé de communication de la police de San Francisco a réagi en disant que l'affaire était encore ouverte et que, si j'avais des informations, je devais aller les voir », m'indique Gary. Il m'avait déjà dit ça quand nous avions renoué le contact, au début de l'année. Mais sa formulation laissait penser que l'enquête avait été rouverte après la publication de son livre, dans la mesure où il m'annonçait dans la foulée avoir rencontré Pierucci. Après quelques recherches sur internet, je réalise que la police de San Francisco a rouvert l'enquête dès l'année 2007. Le livre de Gary n'a donc pas servi d'électrochoc. Ce qu'il m'apprend aujourd'hui, c'est que le nouvel inspecteur chargé des affaires classées a de nouveau prélevé son ADN. Par ailleurs, Pierucci espère que la technologie permettra bientôt d'extraire un profil génétique complet des preuves recueillies sur la scène de crime de Paul Stine, afin de le comparer à celui de Van.

« Comme Hennessey, il m'a dit que ça prendrait du temps et qu'il avait d'autres priorités. Il prend sa retraite dans trois ans et m'a confié qu'il aimerait clore cette affaire avant», m'explique Gary. Et pourquoi ne pas lui avoir donné l'ADN de Van, généré par le Dr Scales, pour le comparer directement à celui du Zodiac ? D'après Gary, Pierucci voulait une chaîne de traçabilité fiable pour cette affaire.

«Mais ça n'a pas d'importance, enchaîne-t-il. Si le laboratoire criminel de la police de San Francisco développe le profil génétique complet du Zodiac et le compare à mon ADN, la concordance sera évidente, même visuellement.»

Gary vient de le mentionner, j'en profite donc pour lui demander s'il a eu des nouvelles de John Hennessey. Une nouvelle fois, sa réponse est négative. Mais il me rapporte les déclarations du lieutenant au *San Francisco Chronicle* au moment de la sortie de son livre: «On ne l'a pas laissé tomber, mais il n'y avait pas assez de preuves solides pour avancer rapidement ou clore l'affaire. Je pense qu'il était sincère quand il disait croire que son père était le tueur du Zodiac.» Fidèle à ses habitudes, mon interlocuteur ne se laisse pas démonter. Plutôt que de prendre pour argent comptant les paroles de celui qu'il considérait comme son ami, il cherche à les expliquer de façon qu'elles collent à sa théorie. Pour lui, ce discours a été appris et répété.

«Je l'ai interprété comme un message caché qui m'était destiné, m'explique Gary. Hennessey a voulu me dire: "Je suis fier que tu aies choisi d'aller au bout de cette histoire parce que j'ai été réduit au silence. Harold Butler m'a interdit de parler, m'a retiré des mains ton ADN et m'a dit que je pourrais perdre mon travail à cause de toute cette affaire, donc je suis heureux que tu n'aies pas laissé ça te couper la route."»

J'insiste. A-t-il des preuves de ce qu'il avance ?

«Comme tout le monde le sait, personne ne met un terme à une relation respectueuse et amicale sans même un au revoir ou une once d'explication.»

La conversation terminée, je télécharge dans la foulée notre entretien, abasourdie. Il est de plus en plus clair que Gary s'enferre dans ses contradictions.

9

Derniers espoirs

Gary et moi ne nous sommes pas parlé depuis trois ans. J'ai délaissé son histoire pour me concentrer sur la mienne. Je veux retrouver l'autopsie et les analyses toxicologiques diligentées après la mort de mon père. Il est peut-être trop tard. Je dois aller au fond des choses, affronter la vérité, si elle existe, et endiguer l'obsession.

Thomas, que je pourrais considérer comme mon conseiller juridique vu le nombre d'avocats qu'il m'a recommandés, m'a récemment orientée vers Me L. « Elle ne lâchera rien tant qu'elle n'aura pas toutes les réponses », il en est sûr. Lors de notre premier entretien téléphonique, Me L. me dit que le parquet de A. doit encore avoir le dossier.

« Vous m'auriez parlé d'une affaire survenue dans les années 1960, j'aurais eu des doutes, mais ça ne fait que douze ans. Ils l'ont encore, c'est sûr. »

Son cabinet se situe dans le 8e arrondissement de Paris, non loin de la Madeleine, un quartier que je ne connais pas. Me L. me fait patienter dans l'entrée, elle est au téléphone. Depuis le bureau, des bribes de sa conversation parviennent à mes oreilles. Elle n'y va pas par quatre chemins, on va bien s'entendre. Elle raccroche le combiné d'un coup sec avant de faire claquer ses talons sur le parquet du couloir pour m'inviter à entrer dans une pièce lumineuse et nue, hormis un grand bureau et une cheminée. Je m'assieds et sors des pochettes en plastique, sur lesquelles est inscrit précisément ce que chacune contient. Me L. s'installe face à moi. Je lui détaille à nouveau mon histoire, ou plutôt celle de mon père.

Elle parcourt rapidement le dossier que je lui ai envoyé par mail il y a quelques jours. Elle est dubitative. Les maigres éléments qu'elle a sous les yeux pourraient suggérer que ni l'autopsie ni les analyses toxicologiques n'ont été faites. Elle parle d'exhumation. Ça va être compliqué, mon père a été incinéré. « D'après sa volonté ? » Voilà l'une des rares questions que je ne m'étais jamais posées. Je ne sais pas qui a pris cette décision. Je fais part à Me L. de mes soupçons.

« De toute façon, ça ne sert à rien d'émettre des hypothèses dans le vent tant qu'on n'a pas le dossier. Je vais faire les démarches auprès du parquet et on verra si on peut à nouveau auditionner ou même rouvrir l'enquête. »

Trois mois plus tard, elle m'apprend qu'au tribunal de grande instance de A., les archives physiques sont supprimées au bout de dix ans. Comme je suis chanceuse, aucune n'a été numérisée. Me L. fait appel à l'un de ses confrères du barreau de A., un avocat tenace qui se déplacera autant de fois que nécessaire pour avoir le fin mot de l'histoire. En parallèle, Me L. tente de récupérer les pièces du dossier auprès de mon avocate. Elle s'en est débarrassée il y a sept ans. Depuis le Sud, les premières nouvelles sont les mêmes : destruction des dossiers après une décennie. Est-ce courant ?

« Non. Nous étions assez surpris tous les deux, affirme Me L., mais je pense que la pratique dépend un peu des parquets et de leur place disponible. À voir si les archives ont réellement été supprimées, si on peut glaner quelque chose du côté de la responsabilité de l'État. »

Les mois passent. Le confrère de ma nouvelle alliée multiplie les visites auprès de la chargée des archives et de divers services du tribunal. Il envoie des mails, mettant en copie le parquet. Rien n'y fait. Le dossier est introuvable.

« Il ne perd pas espoir, mais n'explique pas trop ce capharnaüm », finit par me dire M[e] L.

Au bout de plusieurs mois, je me décide à appeler cet avocat. J'aimerais entendre de vive voix ce qui bloque et avoir son avis. Il a dû se résigner, je veux juste être fixée.

« Je n'ai pas dit mon dernier mot, vous faites bien de m'appeler, commence-t-il par me dire. Je trouve ça bizarre qu'on ne soit pas en mesure de me dire où se trouve ce dossier. Les différents agents auxquels je me suis adressé étaient gênés et ne comprenaient pas. Certains tribunaux suppriment en effet les dossiers dix ans après leur clôture, mais il y a une trace de ces destructions. Or, là, ce n'est pas le cas. Ce qui me fait penser qu'il existe peut-être toujours.»

J'écris à Gary sur un coup de tête. Nous ne nous sommes parlé de vive voix que deux fois, et pourtant je pense à lui dès que je reprends mes recherches. Je ne lui en ai d'ailleurs jamais parlé. Le moment est peut-être venu. Je vois un parallèle entre son histoire familiale et la mienne, entre les questions que lui et moi nous posons. Je n'arrive toujours pas à savoir si sa vérité l'a apaisé. J'en doute.

«Je suis si heureux d'avoir de tes nouvelles», me répond Gary quelques heures plus tard. Il me fait part de son bonheur d'être devenu grand-père, mais s'intéresse surtout à mon père et aux circonstances de sa mort. Il ne voit pas d'inconvénient à ce que je lie nos histoires, au contraire. Il m'y encouragerait presque. Son enquête n'a pas avancé depuis la dernière fois. Comme si la parution de son livre y avait mis un terme. Pierucci n'a pas pu lancer d'autres comparaisons ADN avant de prendre sa retraite, l'année passée. Il fallait s'y attendre, Gary met cet échec sur le compte de l'ancien inspecteur. Les déconvenues s'accumulent et, loin de le faire réfléchir, renforcent sa conviction.

«Ce que j'ai réalisé à propos de Pierucci, comme pour John Hennessey avant lui, c'est que ces inspecteurs chargés d'affaires classées n'y connaissent rien à celle du Zodiac. Ils m'ont tous les deux dit que j'en savais plus qu'eux parce que c'était devenu pour moi une obsession. J'ai exploré toutes les pistes, ce qu'ils n'avaient pas fait et ne feront jamais. Ils ont littéralement des centaines d'affaires classées plus récentes dont ils doivent s'occuper. » Il compte sur l'adaptation de son livre en un documentaire destiné à la télé pour rouvrir l'enquête. « Toutes les preuves que j'ai accumulées y seront exposées. Avec un peu de chance, les autorités vont devoir se rendre à l'évidence. »

Ma mère et moi parlons rarement de mon père. Ce terrain est encore escarpé et je n'aime pas l'y emmener trop souvent. D'abord parce que je sais combien il est douloureux pour elle de l'évoquer. Et aussi, peut-être, parce que nous avons très peu de souvenirs de lui qui nous appartiennent à toutes les deux. Ils se sont séparés quand j'avais deux ans, après huit ans de mariage.

Parfois, je vais chez elle dans le simple espoir de tomber par hasard sur un document lié à mon père en fouillant dans l'appartement. En vain. Lors de ma dernière tentative, je suis revenue avec beaucoup de papiers, mais rien d'important. Sur la pile, les deux billets d'avion de notre séjour fugace dans le Sud, en juin 2007. Arrivée le 17 à 08 h 20, retour le 20 à 22 h 30. Avec nous, l'urne funéraire de mon père. Des années après cet événement, une amie m'a fait l'une des blagues les plus osées que j'aie jamais entendues : « 17 ans, bac en poche et papa sur les genoux ! » J'ai éclaté de rire tout en la fusillant du regard. Quand j'ai le bourdon, je me rappelle ce moment. En passant en revue les nombreuses feuilles volantes, parfois les cahiers remplis au crayon à papier par ma mère pendant les quelques jours qui ont suivi la mort de mon père, l'urgence dans laquelle les modalités administratives ont été réglées est flagrante. Comme moi, elle a tout gardé.

Un numéro de téléphone m'a été utile dans cette montagne de papier, celui de l'avocate de mon père. Je m'empresse de l'appeler.

« Je me souviens bien de votre père. On a peu de dossiers de ce genre dans une carrière », m'apprend-elle d'emblée. Ce qui m'intéresse, c'est de savoir qui est P'tit Louis. L'avocate croit se souvenir que mon père avait engagé un détective, mais, là encore, elle n'est pas en mesure de me communiquer un nom. « Nerveusement, il n'en pouvait plus, il était dans une détresse totale. Un jour, il m'a dit qu'il avait tout vécu, que sa vie était derrière lui et qu'il n'y avait plus rien devant. » Elle charge Marc et Gaspard. « Il s'était fait suivre plusieurs fois, au point de dormir dans un square tant il avait peur de rentrer chez lui. Ces deux hommes l'avaient menacé physiquement, même agressé », croit-elle se souvenir. Sentant mon père à bout, elle avait appelé l'avocate d'Amélie pour tenter d'apaiser la situation, en vain. « Je lui en ai voulu. Elle s'est fait avoir par cette bonne femme qui lui mettait une pression terrible, estime-t-elle. Il s'est suicidé un ou deux jours avant qu'on obtienne une audience. À quelques heures près, on avait une date. »

Quand j'ai commencé à écrire ce livre, j'ai tenu à prévenir Alice, Robert et leurs enfants. Ma cousine

Chloé et moi n'habitons qu'à quarante minutes l'une de l'autre, pourtant nous n'avons jamais pris le temps de nous voir, ne serait-ce que pour déjeuner ensemble. Ce que nous décidons de faire. Entre le plat et l'addition, nous commençons à parler de mon père. Je lui confie que son souvenir m'est encore douloureux et que je pense souvent aux circonstances de sa mort. Chloé paraît surprise et cherche à m'aider. « Et si tu entrais en contact avec Joseph par l'intermédiaire d'un médium ? » Je m'étrangle avec mon café. Chloé me parle de son amie Hermione, « aux dons prisés », qui consulte à Soissons, dans l'est. Le fait qu'elle porte le même prénom qu'une sorcière dont j'ai suivi les aventures, adolescente, me rassure naïvement. J'accepte cette idée, entre angoisse et amusement. Chloé envoie dans la foulée un message à Hermione. Elle peut me recevoir deux mois plus tard. « Il faut que tu apportes une photo de Joseph, m'indique ma cousine. Elle t'expliquera le reste. » Du côté de ma famille paternelle, nous avons toujours été superstitieux. Au cours du week-end que j'ai passé chez Alice et Robert, ma tante a partagé avec moi un rêve étrange qu'elle a interprété comme un message de mon père.

« Je pense que Joseph est mort d'hydrocution. Je l'ai ressenti, une nuit, quelques jours après sa mort. Ça a été rapide. Il a essayé de respirer, il n'a pas pu. Tout s'est bloqué, puis tout s'est arrêté. Plus de son, plus d'image. » Alice a eu la sensation d'étouffer, elle s'est réveillée en sursaut.

Arrive le jour J. Chloé me récupère en voiture à

9 heures, à la porte d'Orléans. Le printemps touche à sa fin, le soleil est chaud. Sur le trajet, entre deux conversations sur ma famille, Chloé me soutient qu'elle n'a donné aucun détail personnel à Hermione. Celle-ci sait juste que nous sommes cousines. J'ai griffonné quelques questions dans mon carnet sans savoir si j'allais pouvoir les poser. La boule que j'ai au ventre grossit à mesure que les kilomètres défilent. Je ne veux plus y aller. Le café et les madeleines que nous achetons dans une station-service ne passent pas. Quand nous nous garons, une brise se lève sur le quartier pavillonnaire où habite Hermione. Elle consulte à domicile, au rez-de-chaussée. Dans la salle d'attente aux murs parme, mon rythme cardiaque s'accélère. La sorcière de mon enfance était petite et châtain, celle qui s'offre à moi est grande et brune. Son rire est tonitruant. Elle m'invite à la suivre dans son cabinet avec douceur. Blanche et épurée, la pièce est petite. Sur la gauche, un lit surélevé forme un angle droit avec le bureau étroit en bois. Le plaid qui y est plié négligemment ondoie comme le pelage d'un agneau. Punaisés à quelques centimètres du matelas, des dessins d'enfant juxtaposés, les uns sur les autres, se disputent la meilleure place. Un attrape-rêve aux plumes violettes trône sur le mur de droite. Hermione m'invite à prendre place dans l'un des deux fauteuils molletonnés face à la porte. L'odeur d'encens, la lampe en pierre de sel allumée sur le bureau et les voilettes mauves devant la fenêtre confèrent une aura mystique à la pièce. La séance va durer une heure.

« Vous avez déjà établi ce genre de contact ?

— Euh, non. »

Je lui tends la photo.

« C'est mon père, il est mort il y a treize ans, il s'appelait Joseph.

— Vous croyez à la vie après la mort ? »

Je perds tous mes moyens.

« Depuis, j'ai envie d'y croire, oui. »

Contrairement à beaucoup de personnes ayant perdu un proche, je n'ai jamais senti la présence de mon père, ou perçu des signes qu'il m'aurait envoyés de l'au-delà. À moins qu'il ne le fasse dans mes rêves, auquel cas il se manifeste souvent. Le même scénario se répète invariablement : mon téléphone sonne, c'est lui. Je décroche et lui demande des comptes. « Papa, on ne se voit jamais, tu ne réponds plus à mes appels, je n'ai pas de nouvelles. T'es où là ? » C'est surtout moi qui parle. Nous fixons la date de nos retrouvailles. Et je me réveille.

Hermione pose délicatement la photo sur ses cuisses. Le verso du cliché disparaît sous ses larges paumes. Elle ferme les yeux et ne les rouvrira pas de toute la séance. « Quelquefois, ils ne viennent pas. Là, je le sens. Mais il ne faut s'attendre à rien. Je vous ferai part de ses réflexions, vous me direz si elles évoquent des choses en vous. » J'étais précisément venue pour poser des questions, ces premières secondes me décontenancent. Générant une fibre impalpable entre notre monde et l'au-delà, Hermione se « connecte ». « Vous avez souvent les mains froides ? me demande-t-elle immédiatement. Parce que ça, c'est lui. J'ai tout de suite eu les mains gelées quand il est apparu. Quand vous avez les mains froides, il se manifeste à vous.» Mon père est donc toujours dans les parages. S'ensuit une série d'images et de mots qui ne m'évoque rien: mon père répète le prénom «Sylvain». Il a bien un neveu qui se prénomme ainsi, mais je ne les ai jamais sus proches. Puis Hermione évoque coup sur coup «quelque chose dans les jambes», une «relation particulière avec les montres, qui s'arrêtent souvent à la même heure». Je me réveille presque tous les matins à 5 heures en sursaut mais, à part ça, je ne vois rien. Le silence s'installe. Quand il se rompt, le rendez-vous bascule. Mon interlocutrice chuchote presque. «Il savait qu'il avait des soucis avant de partir. Une partie de lui n'avait pas envie de se l'avouer. Il a fait comme si de rien n'était et clac, ça s'est arrêté d'un coup. S'il avait réagi plus tôt, ça aurait pu durer plus longtemps ou le sauver. Mais il n'a pas eu le courage de faire face. C'était trop difficile pour lui.» La boule lovée dans mon ventre remonte le long de ma trachée. Les larmes affluent, je serre les dents. «Il s'en excuse auprès de vous. À la fin, il était à côté de ses pompes et dans le déni, malgré sa famille et sa vie. Il dit qu'il s'est éteint bêtement.» Une fraction de seconde plus tard, Hermione emploie la première personne du singulier. «J'aurais pu et j'aurais dû faire quelque chose. Mais j'ai eu peur. Je pouvais le paraître, mais au fond je n'étais pas très courageux.» Au moment où elle prononce ces mots, l'atmosphère de la pièce devient plus dense, comme si une troisième personne était avec nous. Je suis sujette à un regain de concentration : seule la voix d'Hermione compte.

Puis elle décrit le caractère de mon père. Elle ressent que c'était un « clown qui masquait l'être nerveux qu'il était ». C'est aussi le souvenir qu'il a laissé. Sur les vidéos qu'il me reste, à l'époque où j'étais toute petite, il n'est pas rare qu'on le voie grimé, chapeau pointu en carton sur la tête. Elle enchaîne : « Il me montre beaucoup la tête, comme s'il avait l'esprit encombré. Émotionnellement, il n'était pas bien. » J'acquiesce, muette. « Il dit qu'il n'a pas été spécialement un bon père. Il était très absent, ça vous parle ? Il s'en excuse. » Puis mon père décide de parler de moi. Hermione évoque pêle-mêle « la voiture et le permis » : « Il y a un problème avec ça, non ? » Effectivement, j'ai le permis depuis quatre ans, mais j'ai toujours été incapable de me mettre derrière un volant. Voilà maintenant que mon père montre une arme à mon interlocutrice. « Vous en avez peur, non ? J'entends la violence, comme si ça pouvait être lié aux attentats. » J'écarquille les yeux. « Euh… Je travaille beaucoup sur des faits divers. » Je ne suis a priori pas la seule à craindre les armes, quelles qu'elles soient. L'une des dernières interventions de mon père me tétanise. « C'est un peu comme quand tu sautes dans le grand bain : tu remontes », annonce la médium. Je déglutis de travers et parviens tant bien que mal à articuler : « Il s'est noyé, c'est étonnant qu'il dise ça.

— C'est marrant qu'il fasse une métaphore comme ça alors. »

Marrant, oui.

Hermione reste silencieuse un long moment. Imbibé de larmes, ratatiné entre mes doigts, le mouchoir que j'ai tiré de mon sac il y a une heure a maintenant la taille d'une cerise.

« Il repart, ça coupe, annonce-t-elle, la voix grave. Il envoie ses excuses et son amour. Il pense que vous en avez douté de son amour. Il ne faut pas. Il ne vous a pas aimée comme il aurait dû, mais ce n'est pas pour ça qu'il ne vous aimait pas. En partant, il montre une plume. Ça vous évoque quelque chose ?

— J'écris un livre.

— Continuez, il dit. »

Forcément, il n'allait pas me dire de tout laisser en plan.

Hermione et moi revenons quelques minutes sur les moments forts de l'heure qui vient de s'écouler. Elle tient à approfondir certaines des angoisses évoquées. Cet échange me fait l'effet d'une thérapie accélérée. En sortant, je me sens vide, au bord de l'évanouissement. Dans quelques semaines, je dois enfin retourner voir la Méditerranée avec mon cousin Théo, le frère de Chloé. Un voyage que j'attends et redoute depuis des années. J'espère m'y tenir cette fois. Je ne sais pas si nous partirons.

10

Le temps des désillusions

L'adaptation du livre de Gary est sortie il y a un mois sur FX Networks. C'est un documentaire en quatre épisodes. Après plusieurs mails restés sans réponse, Gary finit par m'écrire. Il est amer, la série ne correspond pas à sa version de l'histoire.

« Pour faire court, le réalisateur qui a été embauché a aussi été abandonné par son père biologique quand il était enfant. Il n'a jamais cru en mon histoire et l'a réfutée. J'ai été choqué et déçu par la façon dont il a choisi de me décrire. Surtout dans l'épisode 4. Tout est faux. Je reviendrai pour partager la vérité. »

Au début de la série, la vie de Van est mise en scène comme dans un bon thriller. L'image est léchée et la musique inquiétante. On se croirait sur Netflix. Gary crève l'écran. C'est le principal interviewé. Il a la voix posée et un beau port de tête. Il présente bien.

Dès les premières minutes, je le découvre sous un nouvel angle. J'apprends qu'il est marié à sa cinquième épouse. « J'ai tellement peur de l'abandon que j'ai tendance à quitter avant qu'on ne le fasse », admet-il. Cette crainte l'habite depuis l'enfance. Pour moi, la vie personnelle de Gary se résumait à l'existence de son fils, Zac, et à sa réussite professionnelle. La production a manifestement voulu braquer les projecteurs sur son instabilité émotionnelle. Dans l'un des épisodes, la quatrième femme de Gary témoigne. Ils ont été mariés pendant trois ans et demi. Shanon met en partie leur divorce sur le compte de la quête de Gary. Avant leur mariage, la mère de Zac l'aurait d'ailleurs mise en garde : « Tu ne le connais pas. Tu es amoureuse pour l'instant, mais tu ne sais pas qui il est. » C'est au tour de Kristy, son épouse actuelle, de s'épancher sur la question. L'obsession prend le pas sur leur vie de couple : « Ça a été dur pour moi. On venait de se marier, on aurait dû faire autre chose que des recherches sur des tueurs en série. » Le désespoir de Gary est criant. Il n'a pas tourné la page de cet épisode traumatique. À de nombreuses reprises, il a les larmes aux yeux. Élevé dans la tradition chrétienne, il se réfère souvent au bien et au mal. À propos de son père biologique, il dit même : « Si vous ne pardonnez pas, c'est vous que vous maintenez emprisonné. » Gary marque une pause. « J'ai pardonné à mon père. »

Je découvre la physionomie de celles et ceux dont je connais des détails intimes. À commencer par Judy. Ses cheveux sont toujours blonds et coupés court. Le vert clair de son chemisier rehausse celui de ses yeux. La septuagénaire le martèle : elle n'a aucun souvenir de cette période. « Quand on s'est retrouvés, il me posait la même question sur son père, encore et encore. Je ne pouvais pas le convaincre que je n'étais pas capable et que je n'avais pas envie de me souvenir de tout ça », dit-elle, émue. Dans le documentaire, c'est pourtant elle qui relate dans les moindres détails ses fugues successives avec Van. Mais, comme elle l'explique, après avoir signé les papiers pour l'adoption et serré une dernière fois son fils dans ses bras, elle n'a plus jamais voulu évoquer cet épisode de sa vie. Je comprends mieux la nature de leur relation : ils sont distants. En 2014, alors qu'ils ne se sont pas vus depuis un moment, ils déjeunent ensemble. Gary lui révèle tout : l'existence du livre, sa sortie imminente et sa théorie concernant l'identité de son père. Après avoir lu *The Most Dangerous Animal of All*, choquée, se sentant trahie, Judy en vient même à menacer l'éditeur de porter plainte si le livre n'est pas retiré de la vente. Elle ne conçoit pas que son fils puisse penser que Harold Butler et Earl Sanders lui aient caché des choses pour protéger la renommée de son mari, décédé il y a presque vingt ans. Car c'est bien ce à quoi pense Gary, comme il le dit face caméra : « Savoir que Rotea Gilford a pu interroger un type qui était suspect dans l'affaire du Zodiac sans pour autant l'arrêter, c'est un déshonneur. »

Gary et sa mère ne se sont pas revus depuis la sortie du livre. Il préfère reporter sa colère contre la femme qui lui a donné la vie plutôt que de la retourner contre celui qui l'a abandonné. Seule survivante, Judy paie les pots cassés.

Les deux autres épisodes reprennent les unes après les autres les preuves réunies par Gary. Il n'en sort pas glorieux. Il aurait trouvé le nom de son père dans le cryptogramme de 340 caractères ? À en croire David Orancheck, qui a créé un logiciel cryptographique pour le FBI et fondé le site zodiaciphers.com, c'est parce qu'il le voulait. « Il prend des libertés d'interprétation. » En cherchant le nom de son père dans chaque colonne du cryptogramme en allant de droite à gauche, Gary voit ce qu'il veut y lire. « Il y a vingt symboles dans chaque colonne. "Earl Van Best Jr" est juste un nom parmi les cent mille qu'on peut trouver dans le cryptogramme 340. » Quand le réalisateur le met face à cette constatation, Gary ne se démonte pas. Il évoque maintenant la cicatrice, présente à la fois sur l'empreinte digitale retrouvée sur la portière du taxi de Paul Stine et celle de Van. Là encore, le téléspectateur déchante. Un expert en empreintes et en recherches automatisées explique que la résolution des images n'est pas assez élevée pour qu'une comparaison formelle soit possible. Autre point, plus embêtant, d'après Glenn Langensburg, les empreintes digitales comparées ne correspondent pas au même doigt. Celui de Van serait l'index droit, alors que l'empreinte prélevée sur la scène de crime correspondrait soit à un index gauche, soit à un annulaire droit.

Quant à l'ADN, la dernière pierre de l'édifice tant recherchée par les enquêteurs, « nous avons plus de preuves aujourd'hui qu'au moment de la publication du livre», révèle un Gary au calme olympien. C'est devant un documentaire d'ABC tourné au début des années 2000, à l'époque des exploits génétiques réalisés par Cydne Holt, que son enquête fait un pas de plus. La séquence génétique retrouvée s'affiche en gros plan sur son téléviseur, mais elle a été floutée. Gary parvient à la déchiffrer. Suzanne, qu'il a prévenue, fait la même chose de son côté. Ils arrivent au même résultat. L'expert en criminalistique Georges Schiro et le Dr Scales, que Suzanne avait contactés pour établir le profil génétique de Van, vont travailler ensemble pour effectuer une comparaison ADN. Leurs conclusions tombent. D'après Georges Schiro, si les valeurs fournies par Suzanne et Gary sont correctes, il y a 97 à 99,8 % de chances que les marqueurs auxquels elles correspondent soient ceux du père de Van, et donc du Zodiac.

La police semble aussi avoir les résultats d'analyse tant attendus. Quand Gary revient vers Pierucci après la publication de son livre, celui-ci lui apprend que l'analyse ADN a bien été faite. «Ton père n'est pas exclu de la liste des suspects.»

Mais la série documentaire réduit à néant ces conclusions. La séquence décryptée par Gary et Suzanne ne correspond pas à celle découverte par la police scientifique, mais n'était qu'une simple image d'illustration. Le réalisateur confronte Gary, qui perd ses moyens et bégaie. «C'est hors sujet parce que ces marqueurs ne sont même pas ceux du Zodiac, OK? finit-il par dire. Mais nous n'avions rien fait avec ces données, nous… » Gary s'embourbe. Il met ses lunettes, se reprend, puis parle de plus en plus vite. Son raisonnement est difficile à suivre. « Nous avons dit à Scales quels marqueurs avaient été découverts par la police de San Francisco. C'est tout ce que nous avons fait. Nous ne leur avons jamais donné les valeurs que nous avions vues avec Suzanne », se défend-il. « Suzanne nous a dit que vous aviez envoyé les valeurs floutées au labo », l'informe le réalisateur. Gary enlève ses lunettes et se frotte les yeux. « Je ne vous crois pas », répète-t-il cinq fois avant de conclure, mains croisées sur les genoux et regard au sol : « Je n'ai pas dit ça. »

Suzanne apparaît enfin. On se croirait à un interrogatoire de police. Les deux suspects passent l'un après l'autre dans le bureau du shérif. D'abord, l'homme, puis sa complice. Elle a l'air à bout. Elle se rassure et reprend les propos de Pierucci : « Il a dit à Gary que son père ne pouvait pas être exclu des suspects. S'il m'avait dit : "On a fait le test, les marqueurs de Van ne correspondent pas", je me serais dit : "Merde, j'ai foiré." Tant qu'il ne me le dit pas, je m'en tiendrai à ma version. » Suzanne se balance doucement sur sa chaise. La voix du réalisateur s'élève :

« Dans son livre, Gary a reconstitué le rapport de police qui dit que Van a été interné à Atascadero. Quand on a lu le rapport authentique de la police de San Francisco, tout était identique, excepté le nom de l'hôpital psychiatrique. Donc, il y a des chances que Van n'y soit jamais allé.

— Quoi ? s'étonne Suzanne, abasourdie. Je ne peux

pas parler de ça. Le rapport que j'ai vu mentionnait Atascadero. »

La journaliste se lève et fond en larmes avant de sortir du champ. Son micro tourne. « Connard », l'entend-on murmurer entre deux sanglots.

On la retrouve un mois plus tard. Suzanne a décidé de revoir Pierucci pour tirer les choses au clair.

« Quand vous avez vu Gary, vous lui avez dit que Van ne pouvait pas être exclu de la liste des suspects dans l'affaire du Zodiac ?

— Oui, parce que nous devons faire des recherches plus approfondies sur son père. Je ne peux pas me fonder uniquement sur le livre. Je ne me référais pas à l'ADN quand je lui ai dit ça. L'ADN de Gary a été testé par notre laboratoire. C'est tout ce que je peux vous dire.

— Lui avez-vous dit qu'Earl Van Best Jr était désormais votre suspect numéro un ?

— Non.

— Et vous n'étiez pas convaincu que Gary avait résolu l'affaire ?

— Non, je n'étais pas convaincu. Mais j'ai vraiment aimé le livre », dit-il en souriant, un tantinet gêné.

Pour épauler Suzanne, la production a fait appel à Zach Feichheimer, un détective privé. Il partage le fruit de ses recherches avec la journaliste : contrairement à ce que prétend le livre, Van n'a pas pu découvrir *Le Mikado* au Japon quand il était enfant. Censurée par l'Empire, l'opérette n'a été rendue publique qu'après la Seconde Guerre mondiale. Or la famille de Gary a quitté le Japon en 1941. Autre vérification, autre déception : quand il a tenté de retrouver les différentes adresses de Van, le détective n'a pas pu attester avec certitude qu'il habitait à côté de la scène de crime de Paul Stine, en 1969. Van a bien vécu rue Bush, mais jusqu'en 1967. Judy ajoute de l'eau au moulin : Van n'allait pas au Mexique en voiture mais en avion. Impossible pour lui d'avoir fait une halte meurtrière à l'université de Riverside pour assassiner Cheri Jo Bates en 1966. Dernier point, la chronologie des allées et venues de Van bâtie par Feichheimer présente un trou béant entre 1969 et 1974. Grâce à un courrier envoyé par l'une des filles d'Edith, la dernière femme de Van, Feichheimer apprend qu'il serait parti en Autriche avec elle et ses enfants en 1970 pour y rester un an. Près d'une dizaine de lettres ont été envoyées par le Zodiac depuis San Francisco entre 1969 et 1970. « Si Earl Van Best Jr n'était pas aux États-Unis en 1970, il ne peut pas être le tueur du Zodiac. L'affaire est close », estime Suzanne avec un sourire.

Comme d'autres avant lui, Gary s'est perdu dans les méandres de l'affaire, au mépris des siens et de sa vie. Malgré tout ce que j'ai vu et entendu, je pense qu'il croit vraiment être le fils du Zodiac. Van était un criminel, mais en faire un meurtrier sanguinaire comme le Zodiac le relègue aux confins de l'humanité, et l'éloigne tout à fait de Gary. Sinon, pour quelles raisons son père l'aurait-il abandonné ? « Je crois que je pourrais continuer cette enquête pendant encore dix ans s'il le fallait. Sans jamais me sentir mieux dans ma peau. » Ces deux phrases en disent long. Quelques minutes avant la fin, Gary tient à emmener Judy dans l'escalier exigu dans lequel son père l'a déposé il y a plus de cinquante ans. Il pleure immédiatement. Sa mère biologique le regarde, désemparée, puis le prend dans ses bras. La dernière scène de la série montre le chef d'entreprise, montant dans sa voiture, une BMW. Un gros plan dévoile sa plaque d'immatriculation : VANBEST.

*

Sur le bord de mer, les cabanes de plage sont d'un bleu toujours aussi pastel. C'est le premier endroit où nous nous rendons avec Théo, après avoir garé la voiture de location dans un parking souterrain. Malgré le soleil et la chaleur de ce mois de mars 2020, les baigneurs ont déserté la mer. Au pied d'un mont verdoyant et à quelques pas de la vieille ville, le patron de la plage du Casino a retiré terrasse et matelas le temps de la basse saison. Dommage, je comptais échanger avec lui. J'essaierai de l'appeler plus tard. Sans le panneau en fer forgé surplombant les marches qui descendent vers la mer, impossible de se douter de l'existence de cet établissement devenu une institution. Nous empruntons le court escalier et nous enfonçons dans les galets avant d'en choisir quelques-uns et de les fourrer dans nos poches. J'avais oublié combien cet endroit était exigu. Le 30 mai 2007, la police, le Samu et les pompiers ont dû jouer des coudes entre les transats et former un bien triste ballet. De l'autre côté de la route, une vaste place piétonne bordée de restaurants accueille un marché aux fleurs que mon père adorait. Sous les stores bannes à rayures sont entreposés les mimosas touffus et de grandes succulentes d'Afrique du Sud qu'on peut acquérir pour une vingtaine d'euros. Théo et moi hésitons avant de nous raviser. Pas pratique à transporter.

L'atmosphère n'a pas changé. Pourtant, je ne reconnais rien. La boutique où nous nous rendions souvent, qui vendait bijoux et sculptures en bronze, a disparu. Le magasin de prêt-à-porter devant lequel nous attendions Amélie a été remplacé par une galerie d'art. Un peu en retrait de la place se dresse un bâtiment impressionnant dont la haute grille noire est encadrée par deux palmiers centenaires. De l'autre côté, à quelques mètres du front de mer, se dressent des édifices plus bas composés de deux étages. Nous revenons au cœur de la place gorgée de couleurs. Le vert Provence des volets se marie à merveille avec le rouge framboise ou terre de Sienne et le jaune des bâtiments. À l'une des extrémités domine un mont. Ses feuillus, persistants et conifères, ajoutent du vert foncé au camaïeu de couleurs. Mon cousin m'entraîne devant « une institution de la ville où nous avons déjà mangé avec Joseph ». Je n'en ai aucun souvenir. C'est là que nous dînerons ce soir, mieux vaut réserver.

Il est 18 heures. J'ai envie d'aller dans la vieille ville, au pied de l'immeuble où habitait mon père. Théo et moi nous perdons dans les artères étriquées.

Les enseignes s'alignent. Boucheries, barbiers, galeries d'art, magasins de vêtements, bijouteries, gargotes, fleuristes, savonneries, aucun centimètre n'est laissé de côté. Olives et sachets de lavande se frôlent sur des étals installés tant bien que mal dans les ruelles, dont les murs semblent imprégnés de leurs odeurs.

Arrivée dans la rue arpentée tant de fois adolescente, je lève les yeux et aperçois stupéfaite le cactus de mon père. Il fait maintenant plus d'un mètre et paraît à l'étroit sur son minuscule balcon du troisième étage. Une idée un peu folle jaillit : et si je sonnais chez les nouveaux occupants pour leur demander de repartir avec ? Rabattues devant la fenêtre, les persiennes sont du même vert olive. À côté, les immeubles du même jaune. La voie est passante mais paisible. Difficile de s'imaginer le drame qui s'y est noué. Je cherche du regard les commerces dont on m'a parlé au cours de mes entretiens. Quand mon père avait peur, il allait se réfugier chez les uns ou les autres. Mais aucune trace d'un caviste, d'un bureau de tabac, d'un serrurier ou d'un fleuriste. J'ai trop tardé. Tous ont mis la clef sous la porte. En face de l'immeuble, la pharmacie est la seule à avoir survécu. C'est une étape de notre « pèlerinage », comme l'appelle Théo. Le patron faisait partie des commerçants auxquels mon père se confiait et chez qui il se cachait parfois. Malheureusement, nous n'y apprenons rien d'intéressant.

Comme le hasard fait parfois bien les choses, nous tombons en bas de l'immeuble sur un monsieur qui habite au deuxième depuis dix-huit ans. Il a bien connu mon père, qui était son voisin du dessus. Ils ont d'abord échangé les banalités d'usage, jusqu'à ce que mon père se confie davantage. « J'ai bien vu que ça allait mal. Puis lui est parti », nous explique-t-il avant de mentionner « Amélie et son nouveau compagnon, qui sortait de prison ». « Votre papa est mort d'une crise cardiaque, c'est ça ? » risque-t-il au bout de quelques minutes. Je reste évasive et m'intéresse à l'appartement. « Il a été revendu après le départ de la femme de votre père et divisé en plusieurs lots. C'est surtout du Airbnb maintenant. » Malgré un pincement au cœur, je ne peux m'empêcher de penser que c'est mieux ainsi. Tout casser pour reconstruire. Oublier ce qui s'est joué entre ces murs pour laisser place à des souvenirs plus heureux.

Avant d'aller dîner, nous décidons de boire un verre au port. La nuit est tombée, une brise se lève. Au moment de traverser la rue pour nous installer à l'une des terrasses déployées sur le quai, une bouffée de tristesse m'envahit. Je donnerais tout pour repartir ce soir. Qu'importe les rendez-vous fixés avec Lucie et Hubert – j'ai appris avec stupeur qu'ils s'étaient séparés il y a trois ans. En face de nous, les lumières éparses des rares résidences construites sur le flanc du mont de verdure ressemblent à des lucioles égarées. J'avais oublié combien cette ville est belle. Mais les souvenirs sont décidément trop moches. Alors que je raconte à Théo des épisodes liés à la mort de son oncle dont il ignorait tout, la robe de mes moresques se fait de plus en plus sombre.

« Je n'étais pas au courant de cette histoire de message et de dictaphone. Je ne savais pas non plus que les deux types avaient fait de la taule. Je comprends mieux tes questionnements. C'est pour ça qu'il faut aller au bout des choses. Tu n'as rien à perdre. On voit qui ce week-end alors ?

— Pas grand monde à part Hubert et Lucie. On dîne avec elle demain.

— Tu ne voulais pas voir la flic qui avait enquêté sur la mort de Joseph aussi ?

— Elle a changé de poste depuis, je n'ai pas trouvé de numéro où la joindre. »

Si je voulais vraiment joindre le commandant R., je serais en mesure de le faire. Ce que je ne dis pas à Théo, c'est que je n'ai pas essayé de retrouver son numéro. Je redoute ce qu'elle pourrait m'apprendre.

Après un dîner copieux, nous rejoignons l'appartement que mon cousin a loué dans le centre-ville. Je montre à Théo quelques éléments du dossier de police dont j'ai numérisé toutes les pages. En sirotant une bière achetée sur le chemin, je lui lis à voix haute les témoignages des proches de mon père. La conversation s'éternise jusque tard dans la nuit. Je dors mal. Un mal de crâne s'est immiscé depuis des heures et refuse de me laisser en paix.

Le lendemain matin, nous petit-déjeunons en plein soleil à une terrasse. Je m'apprête à commander mon troisième café quand Hubert m'écrit. Il est disponible ce midi. Nous avons rendez-vous tout près d'ici. Théo et lui se connaissent déjà, il l'a vu plus d'une fois.

Quand nous arrivons, Hubert est déjà là, une écharpe en laine rouge autour du cou. Il m'attrape par les épaules et me serre quelques secondes contre lui. C'est étrange de le revoir après toutes ces années. Il n'a pas changé. Sa voix un peu traînante aux inflexions incertaines et son air goguenard sont intacts. Médecin généraliste, il a toujours son cabinet. Sur le chemin du restaurant vers lequel il nous guide, je ne me sens pas bien. Il fait trop chaud. Nous n'avons pas même le temps d'ouvrir les menus qu'Hubert enchaîne les anecdotes au sujet de mon père. Il n'en oublie pas pour autant de commander un pichet de vin blanc. Il revient à plusieurs reprises sur un voyage qu'ils ont fait tous les deux en Grèce, pendant leurs études de médecine. « On devait avoir 23 ou 24 ans. On n'avait plus une tune, on n'avait pas mangé pendant quasiment vingt-quatre heures. Heureusement qu'on bouffait encore à Air France, se souvient-il en riant. On ne pensait pas atteindre un tel degré de folie. À Athènes, ton père avait fait une petite sculpture avec un morceau du Parthénon. Tu voyais juste le dos d'une femme. »

Hubert parle beaucoup. Face à lui, Théo et moi tentons de le suivre. Quand son petit salé aux lentilles arrive, il recommande un verre, de rouge cette fois. Et poursuit son récit, ponctuant la majorité de ses phrases d'un « et tout ceci ». « Joseph avait une technique incroyable. Il est progressivement entré à la clinique où il a fini par être à temps plein. Ses collègues l'appréciaient beaucoup. C'est là qu'il a connu Amélie. Quand il m'a dit qu'il quittait Isabelle pour elle, je lui ai dit de ne pas faire le con, de ne pas se marier. » À ce moment-là, mon père a habité un temps dans ce qu'Hubert qualifie d'« hôtel de passe », dans le centre-ville. « Quatre ou cinq mois plus tard, Joseph me demandait d'être son témoin. J'ai accepté tout en lui disant qu'il faisait une connerie. » D'après lui, le jour de son mariage, mon père débordait de bonheur. « Il y avait quelque chose qui lui ressemblait dans cette union malgré tout ce qu'on peut en dire. Il était un grand idéaliste et voulait toujours aider les autres. Je pense qu'il a voulu sortir Amélie de sa condition. »

Hubert et mon père étaient de très bons amis, si ce n'est les meilleurs. Mais ce troisième mariage a fait vaciller leur fraternité. Pendant un an, l'un et l'autre se sont murés dans le silence. Ils se sont retrouvés peu de temps avant la mort de mon père, à peu près au moment où Amélie a croisé Marc et Gaspard. Hubert ne les a jamais vus. Il disait même à mon père qu'il n'avait pas à avoir peur d'eux, qu'Amélie fabulait quand elle lui disait qu'ils étaient des malfrats. Théo et moi lui confirmons leur pedigree. Il acquiesce et joue de la fourchette, sans mot dire. Il avait vu mon père terrorisé. « Joseph était devenu dépendant à l'alcool et commençait à perdre son raisonnement. Avant d'aller bosser, il fallait qu'il ait bu au moins un litre de rosé. Physiquement, il était anéanti. Un jour, il devait anesthésier un de mes jeunes patients. Ça a été un calvaire. Après, il a refusé ce genre d'opérations. » Il fait une pause dans son récit et propose à mon cousin de goûter son petit salé. « De toute façon, on va prendre un peu de fromage après, hein ? » Je profite de cette question rhétorique pour poser celle à laquelle je songe depuis une heure.

« Quand il est mort, tu n'as donc pas pensé à l'éventualité d'un homicide ?

— Si. Parce que Joseph n'était pas un bon nageur. En revanche, Amélie, elle, savait très bien nager. Je me suis dit qu'il était allé se baigner alors que la mer était un peu agitée. Il suffit qu'elle l'ait suivi, juste à côté, qu'elle l'ait tiré par les pieds et c'était fini. Pourquoi pas ? Mais il y a eu une enquête de police hein et tout ceci. On l'aurait vue sur la plage si ç'avait été le cas.

— Certes, mais est-ce normal que ni cette femme ni ces deux mecs n'aient été inquiétés ?

— Ils ont été entendus par la police. Que veux-tu leur reprocher ? »

Je radote et ressors l'histoire du dictaphone.

« Si les flics avaient eu ça, déplore Hubert.

— Mais ils l'ont eu ! Donc, toi, tu penches pour un accident ?

— Je ne sais pas. Heureusement que Lucie était là pour faire le nécessaire. L'assurance vie, tout ceci, c'est elle qui l'a aidé. Mais on n'était pas rassurés. Quand il rentrait dormir au studio, on le surveillait, on vérifiait s'il y avait de la lumière. »

Nous plongeons tous les trois le nez dans nos assiettes. Je romps le silence.

« Je n'ai jamais eu l'autopsie.

— Je peux t'assurer que l'analyse toxicologique a été faite dès le départ. Ils ont surtout trouvé du vin. Il n'avait pratiquement pas mangé. Et l'autopsie a été faite aussi. Je le sais par une de nos amies communes, qui avait été avec ton père quand on était étudiants. Elle a fait tout le nécessaire pour que l'autopsie soit faite. Ils n'ont rien trouvé de particulier. C'était une mort par noyade, c'est tout. »

Hubert m'indique le nom d'un collègue et ami de mon père qui pourrait faciliter les démarches pour récupérer ces documents que l'hôpital a dû garder. Leur « amie commune », quant à elle, est décédée il y a quelques années.

Le déjeuner touche à sa fin. Je serais bien restée plus longtemps avec Hubert, mais j'étouffe et envisage mon café d'un œil mal assuré. Sans le savoir, mon interlocuteur principal résume la façon dont j'ai envisagé la mort de mon père pendant toutes ces années. « Pour se réconcilier, il m'avait offert l'édition complète de Spinoza en Pléiade. Je pense à ça parce que ça a un lien avec ce que je vais te dire. Tout ce qu'on aborde dans la vie, on l'aborde avec un préjugé, ce qui fausse notre lecture. Le premier acte de connaissance qu'on doit avoir, c'est éliminer les préjugés. Et avec Joseph, c'était impossible. Joseph, c'était la vie la plus totale : on s'éclate, on rigole. » Après m'avoir embrassée et avant de disparaître entre les passants, Hubert me lance : « Cali, de la plage du Casino, si tu le rappelles, tu lui feras plaisir. Je pense qu'il connaissait le détective. Ton père, ça passait beaucoup par les relations. Donc, il l'a forcément trouvé par des intermédiaires, le P'tit Louis. »

L'après-midi bat son plein. Retrouver Hubert après toutes ces années est éprouvant. Apprendre que les analyses toxicologiques et l'autopsie ont été faites «avec certitude» aussi. Hubert a beau m'avoir dit ça, je n'y croirai que quand j'aurai les documents sous les yeux.

Accident ou suicide, je ne sais pas ce qui me peine le plus. Que ceux qui m'obnubilent depuis bientôt quatorze ans n'aient aucune part de responsabilité dans la mort de mon père ou que ce dernier ait décidé de mettre fin à ses jours malgré ceux qui l'aimaient, malgré moi ? Si c'est bien un suicide, n'aurait-on pas pu faire jouer la notion de «provocation au suicide» ? Plus proche de nous, Johan W. était jugé à Chambéry en juin 2020. En 2016, sa compagne, Mélissa, s'est défenestrée depuis son appartement. Depuis, il est poursuivi pour «harcèlement moral sur conjoint». Dans les articles que je parcours, un passage attire mon attention : «Le suicide forcé est la conséquence traumatique la plus extrême du harcèlement moral. La seule solution pour s'extraire de cette prison mentale», estime Yael Mellul, ancienne avocate spécialiste des violences conjugales et fondatrice de l'association Femme et libre.

Peu de temps après le procès de Johan W., le Sénat adoptait un projet de loi contre le suicide forcé, pour qu'il devienne une circonstance aggravante. Si mon père était mort aujourd'hui, je m'emparerais de ce texte.

La soirée promet de nouvelles émotions. De retour à l'appartement de location, j'appelle Cali A., le patron de la plage du Casino. Je tombe sur son frère. Hakim aussi a connu mon père. Il se souvient bien du jour de l'accident. En revanche, le surnom P'tit Louis « ne lui dit rien ». Mais il promet d'en parler à son frère. Quand je l'ai rappelé quelques jours plus tard, Hakim m'a fait savoir que Cali n'en savait pas plus.

Avant de prendre le chemin de l'appartement de Lucie, on décide de s'installer en terrasse une petite heure. On est rincés. Nos yeux se perdent dans l'or de nos bières. « Prête ? » me demande Théo après avoir payé l'addition. Je n'en suis pas sûre, mais je ne peux plus reculer. À quelques mètres de l'immeuble, je repère un restaurant spécialisé dans la socca, galette à base de farine de pois chiches dont je raffole. Je bassine Théo avec depuis notre départ de Paris. La dernière fois que j'en ai mangé, c'était avec mon père.

Quand Lucie ouvre la porte, il y a quelques secondes de flottement. « Tu as bien changé quand même », dit-elle en me voyant. Imbibé de graisse, le papier journal dans lequel la socca a été emballée menace de céder. Théo est sur le point de se brûler les doigts, il passe le seuil. Tous les murs de l'appartement ont été recouverts de panneaux de bois. Attenant à la cuisine, le salon est moins encombré que dans mon souvenir. Il fait sombre. Sur la toile cirée déployée sur la grande table rectangulaire, Lucie pose trois verres et trois cendriers. « C'est comme ça ici, chacun le sien. » Le bouchon de la première bouteille saute. Elle s'installe en bout de table et nous confie :

« Je suis allée marcher avant votre arrivée. Je suis devenue bien émotive. Je suis contente de vous voir.

— Moi aussi. Je suis désolée de ne revenir vers toi que maintenant.

— C'est un long chemin que tu as eu à parcourir. À certains moments, j'ai un peu désespéré. Je me disais que tu devais oublier cette ville et qu'on en faisait partie. »

Comme Hubert, Lucie n'a pas beaucoup changé. Elle a le teint hâlé de ceux qui vivent au soleil toute l'année, est vêtue de noir des pieds à la tête, le même que ses cheveux. On aborde quelques généralités avant d'entrer dans le vif du sujet. Je sens chez Lucie un besoin pressant de me dire ce qu'elle sait. Elle allume une première cigarette. La discussion tourne rapidement autour du détective privé. Comme les autres, seul son surnom lui revient. Théo et moi sommes attentifs à chacun de ses mots, ce qui ne nous empêche pas de faire un sort à la socca, qui a maintenant triste mine.

« Le jour des obsèques de Joseph, j'étais souvent dehors pour vérifier qu'Amélie ne se pointe pas. Il y avait un type qui se promenait tout seul sur le parking. Je pense que c'était lui. »

Lucie énumère les différents commerçants avec lesquels mon père s'était lié. « Ils le protégeaient. Il y avait aussi une infirmière qui bossait avec lui à la clinique. Elle lui faisait des cakes qu'elle apportait au studio. Elle était très gentille, même si je ne l'ai vue que le jour des obsèques. Je l'aidais aussi, il était motivé pour s'en sortir. Mais il était tellement épuisé, le pauvre. Il avait peur, tout le temps. J'étais quasiment son garde du corps quand on allait dans son quartier, tu imagines. » Lucie fait 1,60 mètre et doit peser 50 kilos toute mouillée.

Elle marque une pause.

« Vous voulez que j'aille chauffer quelques parts de pizza ?

— Oh ! non, t'embête pas, on a le temps. On vient de se goinfrer de socca.

— Après sa mort, je suis la première à être allée voir la police. J'ai été reçue par le mari d'une amie, qui était haut placé. Il m'a présentée à un commissaire, qui a mis l'affaire en route et m'a dit d'aller voir le commandant R. pour lancer une enquête pour homicide. Je lui ai donné beaucoup d'adresses que le détective avait trouvées, dont celle de la planque de Marc. Joseph me les avait transmises. Deux, trois semaines après, elle m'a appelée pour me dire qu'elle avait tout fait et que rien ne lui faisait penser à un meurtre. Si on voulait continuer, il fallait le faire au civil et regrouper la famille et les amis. Mais plus personne ne voulait s'en occuper.

— Quand tu dis la planque, c'est là où il habitait ?

— C'est là où il stockait sa marchandise. La police connaissait l'endroit. Quand j'ai trop insisté à propos de Marc, la flic m'a dit qu'ils le connaissaient et qu'il était fiché. J'ai insisté en lui disant que ce mec sortait de prison, elle était au courant et a fini par lâcher que c'était pour un homicide involontaire.

— Il a été condamné à quinze ans de prison en 1997. L'autre aussi a fait de la taule, pour des affaires de stup.

— Tu les as déjà croisés, toi ? demande Théo.

— Un jour où Joseph apportait des affaires au studio, j'ai vu Marc. Quand on est arrivés dans sa rue, Amélie a débarqué en scooter avec lui. Joseph a été pris de panique. Il est parti se réfugier chez le serrurier en me disant de me cacher parce qu'ils allaient me faire du mal. Je suis restée, je n'avais pas peur. Amélie est montée chercher un truc en vitesse. Puis elle a enfourché le scooter, et ils se sont barrés. Je pense qu'il y avait surtout une pression psychologique sur Joseph. Il avait tout le temps peur, même sur son vélo. Il arrivait à 8 heures à la maison pour petit-déjeuner après ses gardes et il me disait : "J'ai encore été suivi, une voiture m'a frôlé." Il était effrayé, il se cachait.

— Tu sais si ces mecs-là l'ont déjà menacé physiquement ? demande Théo, qui veut tout savoir lui aussi.

— Je ne pourrais pas vous dire s'il a couru de réels dangers ou pas. Je sais qu'il avait peur d'eux.

— Et Gaspard, tu ne vois pas à quoi il ressemble ?

— Après la mort de Joseph, on est allés manger avec Hubert dans le restaurant où il était censé bosser. Je voulais savoir qui était ce mec-là. J'ai fini par demander au serveur lequel était Gaspard. Il m'a dit sèchement qu'il ne travaillait plus ici. J'ai pas insisté, j'ai compris que ce n'était pas la peine.

— Ce qui pose question, c'est qu'ils ont été condamnés pour des affaires de GHB (Théo ne se remet pas de l'information). Joseph était devenu parano, mais ce n'étaient pas des petits poneys qu'il avait en face non plus. »

Comme Hubert, Lucie est sûre que les analyses toxicologiques ont été faites. Alors qu'elle était en lien étroit avec le commandant R., elle n'a en revanche jamais entendu parler de la conversation retrouvée sur le magnétophone de mon père, objet dont elle se souvient pourtant très bien. « Il l'avait toujours sur lui. C'était son arme secrète. »

Nos cendriers se remplissent, le niveau de la deuxième bouteille descend.

« Mais alors, tu penches pour un suicide ou un accident ?

— Ça peut toujours être les deux. On ne saura jamais. Dans ma déposition, j'ai parlé de suicide parce que, quand il vivait dans le studio, il me disait qu'il allait se tuer, tous les jours. D'après ce qu'il me racontait, le soir, il prenait sa voiture pour aller dans l'arrière-pays et s'envoyer dans le ravin. Mais il n'y arrivait pas. »

Au lieu de m'attrister, cette dernière confidence ravive la colère que j'ai longtemps ressentie envers mon père. Lucie poursuit :

« Le jour de son accident, Joseph devait revenir le midi pour déposer des chèques et de l'argent. Je crois qu'il avait 1 000 euros en liquide. D'ailleurs, on ne les a jamais retrouvés. Finalement, il m'a dit qu'il allait manger ailleurs. Il n'était pas bien. À court d'arguments, je lui ai suggéré de sortir et de faire un peu la fête. Il m'a répondu : "T'as raison, je vais me faire une grande fête." C'est pour ça aussi que j'ai parlé de suicide. Mais peut-être que c'était un appel à l'aide. Il était épuisé physiquement, il s'est peut-être condamné sans vraiment le vouloir. Peu de temps avant, on a fait sa comptabilité. On a tout mis à jour. Le mec qui veut en finir, est-ce qu'il se préoccupe de faire sa compta ?

— Et est-ce que tu prends rendez-vous avec ton psychiatre le jour même aussi ? Il devait le voir la semaine d'après. »

Ma question reste en suspens. Sans dire un mot, Lucie va dans la cuisine. Dans l'appartement, on entend seulement la porte du four s'ouvrir et se refermer. On accuse le coup.

La bouteille est vide. Lucie nous propose de la bière. Elle n'a que de la Corona. Les capsules sautent.

« De toute façon, il cédait à tout avec Amélie, reprend Lucie, pensive. C'est elle qui commandait. Un jour, il lui a même laissé sa carte bancaire alors qu'elle allait à Paris avec sa sœur. Je lui ai dit qu'il était taré, il voulait avoir la paix. Ils s'engueulaient beaucoup, mais il cédait souvent, j'imagine. Elle le traitait de vieux. Quand je passais les voir en début d'après-midi, madame était encore au lit et il fallait que Joseph attende son lever pour lui offrir une coupe de champagne. Il m'en proposait, je refusais. Mais lui buvait un verre de blanc. Il picolait, mais, à la fin, il ne lui en fallait pas beaucoup pour être bourré parce qu'il n'avait plus de forces. D'autant qu'il avalait un peu n'importe quoi. Lexomil, paracétamol, il en avait plein les poches. »

Après la mort de mon père, Lucie a eu affaire à Amélie plusieurs fois. Elle lui téléphonait, allant jusqu'à lui réclamer des affaires ayant appartenu à mon père. Elle l'a aussi croisée dans la rue, mais tournait les talons quand Amélie était sur le point de l'aborder. « Pour moi, cette fille-là est immorale », conclut Lucie. Quand ils habitaient dans leur premier appartement, elle avait l'habitude de passer les voir l'après-midi. Un jour, nous dit-elle, elle a senti une ambiance électrique en entrant dans l'appartement. Tous les deux semblaient très énervés. Ils lui ont dit : « T'arrives au bon moment, on allait commencer à se battre. »

Après ce que vient de me dire Lucie, il n'est pas impossible que mon père ait poursuivi sa femme avec un marteau. Mon oncle, ma tante et Ange m'ont confirmé qu'il avait déjà menacé de la tuer. Menacer n'est pas passer à l'acte, mais n'a-t-il pas pu avoir ce geste fou, un soir, sous le coup de la colère ? « Impossible, réagit d'emblée Lucie. Il aurait retourné l'arme contre lui. D'ailleurs, c'est ce qu'il a fait. » Et puisqu'on en est à parler d'armes, elle nous fait une autre confidence : « Un jour, Joseph m'a appelée. Il m'a dit qu'il y avait des choses dont il voulait se débarrasser. Il m'a demandé de l'aider. Au moment d'emménager, il avait trouvé un vieux fusil dans l'appartement. Avec Amélie, ils avaient aussi rapporté un coupe-coupe d'un de leurs voyages. C'était interdit mais ils l'avaient fait quand même. Ton père avait aussi de grosses bombes lacrymogènes et des couteaux. Un soir, on a chargé tout ça dans un sac qu'on est allé jeter dans une poubelle de sa rue. Il se sentait mieux. » Dans l'assiette, les quelques parts de pizza sont presque intactes.

« Vous voulez voir des photos et des films de Joseph ? » propose Lucie histoire de détendre l'atmosphère. Face à l'approbation générale, elle disparaît dans le couloir pour en revenir les bras chargés d'albums. Beaucoup de clichés montrent mon père, Hubert, Nicolas, le fils qu'ils ont eu avec Lucie, et moi. Nous avions 3 ans tout au plus. Sur d'autres, il est avec Isabelle, ma première belle-mère, assis sur un transat devant la maison qu'ils occupaient dans l'arrière-pays. On le voit aussi avec moi, plus âgée. Il essaie de me soulever, j'affiche un grand sourire. Nous sommes maintenant devant les photos prises à son dernier mariage. La salle est presque vide. La remarque d'Hubert à propos de son état d'esprit me revient : mon père a l'air aux anges. La jeunesse d'Amélie, dont j'avais presque oublié les traits, me frappe. Aujourd'hui, je suis plus âgée qu'elle ne l'était à l'époque. Lucie met le DVD sur lequel elle a numérisé les films qu'elle veut nous montrer. Mon père apparaît à l'écran. Il a enfilé un K-way noir, des gants Mapa jaunes et une charlotte de médecin bleu clair. Seules ses lunettes dépassent de cet accoutrement. Il pousse des cris en courant après Nicolas et moi, hauts comme trois pommes et hystériques. La scène se déroule chez Lucie et Hubert, quand ils habitaient encore à Paris. « Bon, allez, j'arrête », l'entend-on dire plusieurs fois, tout en enlevant son déguisement. Le film se coupe, puis reprend après de courtes secondes. La scène qui suit a lieu le même jour. Mon père est à présent assis dans la cuisine. Devant lui, Isabelle lui fait une coiffure élaborée à grand renfort de petites couettes et de barrettes avant d'ajouter quelques gros nœuds et un postiche sur son front. Nicolas et moi mettons la main à la pâte en papillonnant à ses pieds. Le film s'arrête après un gros plan sur mon père, qui louche pour l'occasion.

Je m'exclame : « Il était fou quand même ! » Lucie acquiesce.

« Un jour, quand on habitait à Paris, on a fait la tournée des bars un après-midi. On a commencé à côté de la Pitié, puis on est remontés vers Denfert-Rochereau. Joseph était divin. Il s'est mis à ramasser tous les PV sur les pare-brise. Pour déconner, il voulait les revendre à un pharmacien. J'avais honte. Il savait que ça ne marcherait pas, mais ça faisait partie de ses délires absurdes.

— Et le pharmacien, il a dit quoi ? demande Théo en riant.

— Oh, ben, il nous a virés. Dans un autre genre, il y avait la BMW qui avait appartenu à Saddam Hussein et qu'il avait achetée aux enchères !

— Ah oui ! Elle était blanche, même à l'intérieur, se souvient Théo. Il a fini par la vendre. Elle n'était pas tenable cette voiture. Un, c'était dangereux, elle montait jusqu'à 260 km/h, deux, elle était ridicule, trois, elle avait appartenu à Saddam Hussein. Mais je l'aimais bien, elle était absurde, comme beaucoup de choses que Joseph a faites. »

Voilà près de sept heures que nous sommes arrivés chez Lucie. Les trois cendriers sont pleins et je peine à finir le énième verre que j'ai entamé. Lucie tient à nous raconter une dernière anecdote.

« On avait une vraie complicité avec Joseph. Il me laissait des énigmes, il aimait beaucoup ça. Un jour, sourire en coin, il m'avait dit : "Amélie m'a tout pris, mais j'ai gardé sa bague de fiançailles. J'étais en colère, je l'ai jetée dans les eaux." Tout le monde a cru que la bague était dans la mer. Après sa mort, j'y ai repensé et ça m'est venu. Avec Joseph, on aimait beaucoup l'ail. Et dans le studio, il y avait une petite corbeille où il rangeait les oignons, les échalotes et l'ail. Je l'ai vidée, et j'ai retrouvé la bague. Il l'avait jetée dans les "aulx". » Au moment des embrassades, Lucie me conduit dans l'une des chambres. Sur le lit, je reconnais quelques affaires. « Je les ai gardées pour toi », me dit-elle. Je repars notamment avec une des chemises de mon père et la montre à gousset de mon grand-père. Théo et moi rentrons demain à Paris. Je me couche ivre, la faim au ventre, un sourire aux lèvres.

Épilogue

Le sifflement strident de la bouilloire s'élève dans la cuisine où j'accours pour éteindre le feu. À quelques pas de là, mon imprimante crache les trois pages criblées des questions que je compte poser à Gary. Je m'installe par terre dans ma chambre, là où je me sens le plus à l'aise. Autour de moi, les feuilles volantes dont l'encre est encore chaude, mon dictaphone et mon thé. J'ai à peine le temps d'en boire une gorgée que la sonnerie caractéristique de Skype retentit. Sur mon écran, le col et les premiers boutons d'une chemise en lin blanc apparaissent. Gary a vieilli depuis notre dernière entrevue, il y a maintenant cinq ans. Il porte un bouc de poils blancs et de grosses montures rectangulaires opaques vert foncé, presque noires. Ces lunettes ressemblent étrangement à celles qui figuraient sur le portrait-robot du Zodiac de 1969. Gary me pose immédiatement des questions sur mon livre. Il m'interroge sur mon père. Je lui refais le film en avance rapide : le contexte violent de sa mort, le passé carcéral de Marc et Gaspard, les analyses toxicologiques et l'autopsie introuvables, la procédure avec Amélie, le message de Marc sur Facebook… Puis je me lance :

« Dans ce livre, j'explore les mécanismes psychiques par lesquels on passe pour surmonter des événements traumatiques comme ceux qu'on a vécus. Même si ton histoire est différente, elle a rapidement fait écho à la mienne. Je me suis dit qu'en écrire un livre me permettrait d'avancer. Et quand je l'ai commencé, il était clair pour moi que ce serait la dernière fois que je me replongerais dans l'affaire de la mort de mon père.

— J'aimerais pouvoir te dire qu'écrire *The Most Dangerous Animal of All* a été thérapeutique et suffisant pour tourner la page, commence Gary. Malheureusement, ce n'est pas le cas. Et je ne pense pas que j'arriverai un jour à être en paix avec cette histoire. Je fais de mon mieux pour l'éloigner de mon esprit, mais je n'y arrive pas. Ce n'est pas une obsession. Je ne suis pas obsédé par mon père, je n'aurai simplement jamais les réponses que j'attends. J'espérais pouvoir passer à autre chose avec le documentaire, mais cette expérience m'a laissé avec une plaie ouverte, alors qu'elle aurait dû la guérir. J'ai peut-être tort, mais je crois avoir raison. Je crois avoir apporté assez de preuves. Le monde veut que je m'en aille et que j'oublie, c'est peut-être ce que je ferai. Je n'écrirai pas un deuxième livre. J'y ai passé dix-huit ans, ça suffit. Je suis fatigué. Aujourd'hui, je veux prendre ma retraite, aller dans notre maison au bord de la mer, et profiter de la vie. Je vais essayer de le faire dans les cinq prochaines années. J'espère que quand je n'aurai plus à me lever chaque matin et que j'aurai juste à écouter la mer, je serai plus en paix. »

Quelques semaines plus tard, je suis allée sur le site de Delta Tech. La personne à contacter pour joindre la branche de l'entreprise basée en Louisiane, que dirigeait Gary, est Zac Stewart, son fils. Cette dernière conversation m'a émue. Gary me touche. La vérité est parfois insaisissable. Malgré les nombreux arguments déployés dans la série documentaire pour réduire à néant sa théorie, aucune preuve tangible n'est apportée. C'est leur parole contre la sienne. L'affaire du Zodiac est peut-être vouée à ne jamais être résolue. Gary est juste un homme dans l'impossibilité de faire le deuil d'un père qui l'a rejeté, dont l'abandon a ancré depuis des années une insécurité criante et constante. Qu'importe que son père biologique ait été un tueur en série. Même cette certitude ne le soulage pas de son trauma. Le biais de confirmation est traître. Une simple ressemblance entre une photo et un portrait-robot a suffi pour que s'enracine une folle hypothèse. Les coïncidences, trop nombreuses par la suite, ont fini le travail. Gary s'y est jeté à corps perdu, sourd aux éléments qui les démentaient. En a-t-il falsifié certains, comme l'assure le documentaire, franchissant un cap et atteignant le point de non-retour ?

Ce biais cognitif est d'autant plus insidieux quand il se mêle à des questions aussi essentielles que celle de nos origines. J'ai parlé de l'histoire de Gary et de la mienne à une psychologue spécialisée dans la petite enfance. Pour Romy C., le raisonnement de Gary est étroitement lié à un phénomène qu'enfant nous expérimentons tous : le roman familial.

« Entre 3 et 4 ans, on crée une légende autour de nos parents, différente selon l'éducation qu'on a reçue et le milieu dans lequel on a évolué. On peut les voir comme des rois et des reines ou, au contraire, comme de grands bandits. C'est d'autant plus fort pour les enfants qui ont été abandonnés et adoptés. »

D'après Romy, Gary s'est peut-être imaginé dès son plus jeune âge que son père biologique était un assassin. Cet imaginaire a pu être réactivé en 2002, à l'aube de ses 40 ans, quand Judy l'a recontacté. D'autant qu'il n'a pas fixé son obsession sur n'importe quel criminel, mais sur un tueur en série pervers et insaisissable, pour éloigner tout à fait de lui la figure de ce père biologique qui l'avait renié dès sa naissance.

Comme lui, j'ai longtemps préféré mettre à distance l'idée d'un accident ou d'un suicide. Paradoxalement, imaginer que mon père avait été tué était plus facile à accepter. Un simple accident me semblait trop bête, un suicide trop radical, trop violent pour mon ego.

« Transformer le suicide en un homicide en trouvant un responsable peut aider à supporter la douleur et à mobiliser de l'énergie dans une quête plutôt que dans la perte et dans la tristesse », m'a dit Romy C. C'est un mécanisme de défense courant.

Mon père s'est noyé, voilà une certitude et une vérité qui vaut. Pour le reste, je n'aurai jamais de réponse.

Il m'a fallu de longues années pour comprendre que mon père avait aussi choisi de ne pas se sortir de ce marasme. Qu'en se mariant avec Amélie, il s'était coupé de ses proches et avait ainsi divisé ses alliés. Comment expliquer, sinon, que certains de ses amis n'aient pas parlé à sa famille du message enregistré sur son magnétophone, que mon cousin ait appris il y a seulement quelques semaines le pedigree de Marc et Gaspard, que Lucie n'ait pas communiqué à Alice et Robert tous les éléments dont elle avait connaissance (tous les trois se connaissent pourtant bien) ? Sa mort a saisi son entourage. Chacun a dû composer comme il le pouvait avec sa peine. S'épuiser dans une quête qui se solderait peut-être par un échec était trop dur pour la plupart. Je sais qu'on a voulu protéger l'adolescente que j'étais. Mais je regrette que la mort de mon père ne nous ait pas rassemblés dans un élan, une révolte solidaire.

Charles B., un de ses collègues et amis, devait me faciliter les démarches pour récupérer les pièces manquantes de son dossier médical : l'autopsie et les analyses toxicologiques. Nous avons échangé quelques messages, mais je n'ai toujours pas réussi à lui parler de vive voix. En avril, il m'a dit qu'il m'appellerait dès qu'il le pourrait. Nous sommes en septembre, je viens de lui laisser un énième message vocal. Si je n'avais pas décidé de mettre un terme aux fantasmes qui m'ont longtemps habitée, je penserais qu'il me cache quelque chose. C'est si facile de s'obstiner. Gary, lui, s'est perdu pendant près de vingt ans. Aujourd'hui, c'est un homme triste et fatigué.

*

Hier, je suis retombée sur l'une des fameuses cartes postales de mon père. Aucune date n'y figure. Quand il l'a rédigée, il venait de s'installer avec Isabelle dans leur grande maison. Avant de prendre congé, il m'écrivait : « Le bureau est installé dans ta chambre. Tu pourras écrire des romans, le soir, dans le calme d'une nuit étoilée. » Six ans plus tard, juste après sa mort, ma tante Victoire avait déclaré dans son témoignage destiné à la police : « Il se projetait dans l'avenir. Il disait que dans quelques mois tout irait mieux, que ses problèmes seraient réglés, et qu'il pourrait écrire un livre de sa vie. » Je l'ai fait pour lui, et surtout pour moi, décidée à ne pas me faire happer par l'abysse des questions sans réponses.

REMERCIEMENTS

Je tiens à remercier celles et ceux qui ont accepté de se replonger dans leurs souvenirs pour m'aider à reconstituer le plus justement possible les mois qui ont précédé la mort de mon père.

Merci aux personnes qui m'ont épaulée dans ma démarche sans l'avoir connue, à Romy de m'avoir éclairée sur le roman familial. Merci à Gary d'avoir accepté que je m'empare de son histoire.

Merci à ma famille, à Thibault et Margaux pour la patience sans faille dont ils ont fait preuve face à mes questions et à mes doutes.

Merci à Clémence et Cyril pour leur confiance indéfectible et à Guillaume pour cette magnifique couverture.

Merci enfin à ma mère, pour tout.